見えない敵

栄次郎江戸暦

小杉健治

時代小説

二見時代小説文庫

目次

見えない敵——栄次郎江戸暦22

『見えない敵――栄次郎江戸暦22』の主な登場人物

矢内栄次郎《やないえいじろう》……一橋治済《ひとつばしはるさだ》の庶子。三味線と共に市井《しせい》に生きんと望む。田宮流抜刀術の達人。

矢内栄之進《やないえいのしん》……家督を継いだ、栄次郎の兄。御徒目付《おかちめつけ》を務める幕臣。

新八《しんぱち》……豪商や旗本を狙う盗人だったが、足を洗い徒目付矢内栄之進の密偵となる。

杵屋吉栄《きねやきちえい》……栄次郎が師匠・杵屋吉右衛門よりもらった、三味線弾きとしての名前。

お秋《あき》……以前矢内家に女中奉公をしていた女。八丁堀与力・崎田孫兵衛の妾《めかけ》となる。

崎田孫兵衛《さきたまごべえ》……お秋を腹違いの妹と周囲を偽り囲っている、南町奉行所の年番方与力。

藤吉《とうきち》……五年前に神田佐久間町に「千扇堂《ちせんどう》」という小間物屋を興した男。

十蔵《じゅうぞう》……藤吉の行商仲間。藤吉同様五年前に本所で薪炭屋《しんたんや》「十字屋」を開く。

お房《ふさ》……藤吉の女房。病の母のため長五郎より金を借り難儀をした過去を持つ。

長五郎《ちょうごろう》……ひとり暮らしをしていた新黒門町の強欲な金貸し。

益三《ますぞう》……十蔵が雇い入れた忠義者。顎に大きな黒子《ほくろ》がある。

段平《だんぺい》……南町の定町周り同心から手札をもらった天神下の岡っ引き。

蓮見常五郎《はすみつねごろう》……段平に手札を与えた元同心。その後奉行所を辞し養子に職を譲る。

茂太《しげた》……長五郎に雇われていた借金取り。眉に傷を持つ大柄な男。

兵助《へいすけ》……長五郎から金を借りていた博打好きの日傭取《ひようと》り。

第一章　強請《ゆす》り

一

残暑も峠を越え、日が暮れると涼しい。矢内栄次郎《やないえいじろう》は来月の市村座《いちむらざ》の出演に備えて三味線《しやみせん》の稽古に身が入り、気がつくと部屋の中は薄暗くなっていた。昼からふた刻（四時間）も弾き続けてきたのだ。

栄次郎は長唄《ながうた》の師匠杵屋吉右衛門《きねやきちえもん》から杵屋吉栄《きちえい》という名をもらっている。武士を捨ててでも三味線弾きとして身を立てたいと思っている。

師の杵屋吉右衛門は横山町《よこやまちよう》の薬種問屋の長男で、十八歳で大師匠に弟子入りをし、二十四歳で大師匠の代稽古を務めるまでになったほどの天才であった。

吉右衛門から来月の市村座の地方《じかた》を務めるように言われたのだ。それで、稽古に余念がなかった。

ふと撥《ばち》を持つ手に違和感があった。撥を置き、右手の指を閉じたり開いたりした。

そして、栄次郎は三味線を片づけてから、窓辺に寄った。

浅草黒船町《あさくさくろふねちょう》にあるお秋《あき》の家の二階から御厩河岸《おうまやがし》の渡しが見える。対岸の本所《ほんじょ》側からの船が御厩河岸に着いたようだ。

亡くなった矢内の父は一橋《ひとつばし》家二代目の治済《はるさだ》の近習番《きんじゅうばん》を務めており、謹厳なお方で、母もまた厳しいお方であった。

部屋住《へやずみ》の身であっても、栄次郎が三味線に現《うつつ》を抜かすことを許すはずがなく、やむなくお秋の家の二階の一部屋を、三味線の稽古用に借りている。お秋は昔矢内家に女中奉公していた女である。

お秋は南町与力《よりき》の崎田孫兵衛《さきたまごべえ》の腹違いの妹ということにしているが、実際は妾《めかけ》なのだ。

三十ぐらいの商人ふうの男が後ろを気にしながら御厩河岸のほうからやって来た。まるで、誰かに追われてでもいるかのような様子に、栄次郎は男の後方を見た。

遊び人ふうの男の姿があったが、尾行しているのかはわからない。商人ふうの男が窓の下で消えた。

この家の土間に入ったのか。遊び人ふうの男が川の近くに立って、この家の戸口に目をやっていた。二十五、六の細身の男だ。目が細く、顎《あご》が鋭く尖《とが》っている。

栄次郎は階下に行った。土間に商人ふうの男が立って、お秋に頭を下げていた。

「何かあったのですか」

栄次郎は声をかけた。

「いえ、このお方が誰かに付けられていて、ここに逃げ込んだそうです」

「はい」

商人ふうの男が栄次郎に顔を向けた。中肉中背で、渋い顔立ちだ。

「お騒がせして申し訳ありません。私は神田佐久間町《かんださくまちょう》二丁目で『千扇堂《ちせんどう》』という小間物屋を営む藤吉《とうきち》と申します。渡しで、対岸に渡ろうとしたのですが、つけてくる男に気づいて、薄気味悪くなって。あわてて、予定を変えたのです」

「遊び人ふうの男ですか」

「はい、そうです」

藤吉は驚いたようにきく。

「男はあなたに何か危害を加えようとしているのですか」

「わかりません。ただ、つけてくるだけです。じつは数日前から何度かあとをつけられて……」

藤吉は表情を曇らせた。

「心当たりは何も？」

「はい。まったく何のことかわかりません。でも、私がここに入るのを見ていたでしょうから、どこかで私が出て来るのを待っているに違いありません」

藤吉は言ってから、

「そこで、お願いがあるのですが」

と、お秋と栄次郎を交互に見た。

「なんでしょうか」

お秋がきく。

「私はここに用事があって来たことにしていただけませんか。お買い求めになった簪《かんざし》を届けに来たのだと」

「その男がここにやって来るとお思いですか」

「わかりませんが、もしやって来たら、そのように」

「なぜですか」

「お願いいたします」

答えようとせず、藤吉は頭を下げた。

「わかりました。もし来たら、そのように答えます」

お秋が約束する。

「ありがとうございます。どうもお騒がせしました」

と挨拶をし、引き上げようとした。

「お待ちください。さっきの男は川のほうからあなたが出て来るのを待っていますよ」

「はい。でも、もうだいじょうぶです」

藤吉は厳しい顔で答える。

「それより、相手はあなたのことをよく知っているようですね。きょうは逃れても、これからもずっとつけ狙われるのではありませんか」

「ええ」

「なんとかしたほうがいいですね」

「ええ。知り合いと相談してみます。どうも、お騒がせいたしました」

「ちょっとお待ちください」

栄次郎は外に出た。辺りは薄暗くなっていた。さっきの遊び人ふうの男の姿は見えなかった。引き上げたわけではない。場所を変えただけだろう。

藤吉が出て来た。

「さっきの男はいません」

「すみません。では、私は」

「もう渡しは終わりかもしれませんよ。橋を渡るとなると、またさっきの男に見つかるかもしれません」

「きょうはこのまま引き返します。どうも、ありがとうございました」

藤吉は丁寧に頭を下げて、蔵前《くらまえ》通りのほうに去って行った。そのあとをつけていく影は目に入らなかった。

栄次郎はなんとなくすっきりしなかった。他人に言う必要はないことだが、藤吉は尾行されるわけに心当たりがありそうに思える。

栄次郎はお秋の家に戻った。

「なにかわけありね」

お秋が苦笑したとき、戸がいきなり開いた。

振り返って、栄次郎はあっと思った。さっきの遊び人ふうの男だったからだ。

「すまねえ、さっきここに来た男のことなんだが」

遊び人ふうの男が顔を向けた。顔が長く、尖った顎がしゃくれている。

「どんな用でここに来たんですね」

お秋は栄次郎と顔を見合わせてから、

「簪を届けてくれたんですよ」

「簪？」

男は疑い深い目をした。

「ほんとうですかえ」

「ええ」

「そうですか、失礼しました」

「お待ちください」

栄次郎は呼び止めた。

「なんでしょう」

「なぜ、あのひとのことを？」

「別にたいしたことじゃありません」

男は首を横に振って出て行った。

「なんなんでしょうか」

お秋が不思議そうに言い、

「栄次郎さん、夕餉《ゆうげ》の支度をしますからね」

と言い、奥に向かった。


栄次郎はお秋の家で夕餉を馳走になって本郷《ほんごう》の屋敷に帰ってきた。

部屋に向かいかけると、母が出て来て仏間に招かれた。

いったん部屋に入り、刀を置いてから、栄次郎は仏間に行った。

「失礼します」

栄次郎は襖《ふすま》を開けて入った。母は仏壇の前に座って待っていた。

「栄之進《えいのしん》の祝言の日取りが来春早々になりそうです」

「そうですか」

兄嫁は病気で若死にをし、兄の落胆は甚《はなは》だしかった。立ち直るまで何年もかかった。

兄が立ち直ったのは栄次郎が兄を深川《ふかがわ》の場末の女郎屋に誘ってからだ。器量はよくないが、気のいい女たちがいる女郎屋は兄の傷心を癒した。いつしか、兄はそこにひとりで遊びに行くようになり、後添いの話をずっと断り続けてきたのだ。

ところが、大身の旗本である書院番《しょいんばん》の大城清十郎《おおしろせいじゅうろう》の娘美津《みつ》を一目で気に入り、兄は縁組を受けたのだ。

「いつぞやもお話ししたように、美津どのが当家に輿入《こしい》れしても栄次郎には家に残って欲しいので、明日からこの屋敷の増築にかかります」

「わかりました」

栄次郎は用心深く答える。

「栄之進の祝言が終わったあとに、栄次郎、そなたのことを考えましょう」

栄次郎の嫁のことだ。

部屋住の栄次郎はいつまでも兄の家に厄介《やっかい》になっているわけにはいかない。ふつう、部屋住は養子に行くしかない。だが、栄次郎には違う道がある。三味線弾きとして生きて行くことだ。

だが、それを母が許すはずはない。

「母上。ひとつお訊ねしてよろしいでしょうか」

栄次郎はきいた。

「なんでしょう」

「大身の旗本である大城さまからすれば、身分違いの矢内家によく嫁に出すことを決心されたと思います」

三千石の旗本に対して矢内家は二百石の御家人だ。

「それは御前《ごぜん》さまがよしなに」

御前とは一橋家の用人をしていた岩井文兵衛《いわいぶんべえ》で、治済の近習番を務めていた矢内の父とは懇意だった。

「もしや、私の出生が身分違いを……」

「栄次郎」

母はぴしゃっと言った。

「そなたは矢内家の家族です。そのようなことを口にするのではありません」

「しかし」

「栄次郎。大城さまは栄之進のひととなりを見込んで美津どのを嫁にくだされるのです。よけいなことは考えなくともよいのです」

「わかりました」

言い返したかったが、栄次郎は声を呑んだ。

ほんとうに母の言うとおりならよいのだが、もし栄次郎の出生の秘密を知って、大城は身分違いに目をつぶったのだとしたら……。

栄次郎は将軍家斉《いえなり》の実父、大御所《おおごしょ》の治済がまだ一橋家の当主だった頃に旅芸人の女に産ませた子なのだ。

その子を近習番だった矢内の父が引き取って我が子としたのだ。そのことを知っていたのが、当時一橋家の用人だった岩井文兵衛だ。

以来、文兵衛は栄次郎並びに矢内家にいろいろ目をかけてくれているのだ。兄と美津の縁を取り持ったのも文兵衛なのだ。

したがって、文兵衛は大城清十郎に弟の栄次郎は大御所の治済の子であると告げたことは十分に考えられる。

大城に打算が働いたのではないか。だとしたら、この先、栄次郎が武士を捨て、三味線弾きに転身したら大城にとっては大きな計算違いになるのではないか。兄にとって不利益な事態になりはしないか。

母と別れ、自分の部屋に戻ってからも、栄次郎はそのことが気になってならなかった。

翌朝、栄次郎はいつものように庭に出て素振りをした。田宮流《たみやりゅう》居合術《いあいじゅつ》の達人である栄次郎は毎日の鍛錬を欠かさなかった。三味線と剣はもはや栄次郎の分身でもあった。

風に揺れる柳の小枝を相手に、栄次郎は居合腰から抜刀し、小枝の寸前で切っ先を止め、鞘《さや》に納める。

それを何度か繰り返したときだった。突然、剣を握った手首に激痛が走った。思わず、剣を落としそうになった。

きのうも三味線を弾き終えたあと、痛みを覚えた。

手首の使い過ぎかもしれないと、栄次郎は素振りを中止した。どんな雨や雪の日でもやめたことはなかったが、これ以上続けることが出来なかった。

朝餉のとき、箸《はし》を使うときにも痛みが走って顔をしかめた。

「栄次郎、どうした?」

兄の栄之進が椀《わん》を持ったまままきいた。

「いえ、なんでもありません」

栄次郎はわざと微笑《ほほえ》んだが、内心では動揺していた。使いすぎで腱《けん》を傷《いた》めたのだとしたらしばらく手首を動かせないかもしれない。

朝餉のあと、栄次郎は急いで屋敷を出た。

鍼灸師《しんきゅうし》のところに行ってみようかと思ったが、その前に師の吉右衛門にきいてみようと思った。これではしばらく撥も持てない。師には正直にありのままを話しておく必要があった。

湯島《ゆしま》の切通《きりどお》しを経て、御徒町《おかちまち》を突っ切り、鳥越《とりごえ》神社の近くにある杵屋吉右衛門の家にやって来た。

まだ早いので、弟子はまだ誰もいない。

声をかけると、内弟子の和助《わすけ》が出て来て、

「吉栄さん、ずいぶんお早いですね。師匠はまだ」

と、戸惑いぎみに言う。

「稽古ではなく、ちょっと師匠に教えていただきたいことがありまして」

「そうですか。では、きいてきます」

和助は奥に向かった。

すぐに戻ってきて、

「どうぞ」

と、稽古場のほうに通した。

栄次郎が見台《けんだい》の前に座ると、吉右衛門がやって来て目の前に腰をおろした。

「吉栄さん。何かございましたか」

吉右衛門が訝《いぶか》しげにきいた。

「じつは昨日三味線を弾いていて、突然手首に痛みが走りました」

「手首に？」

吉右衛門は眉根を寄せた。

「手首を返すとき痛みが走るのです。それより、撥が持てないのです」

「腱を傷《いた》めたようですね」

吉右衛門は表情を歪めた。

「はい。それでどなたかよいお医者さんをご存じなら教えていただきたいと思いまして」

「私の兄弟子が同じような症状になったとき、神田佐久間町に住む座頭《ざとう》の徳ノ市《とくのいち》のところに通って直しました。ぜひ、行ってごらんなさい。おゆうさんの家の近くです」

おゆうは町火消『ほ』組の頭取政五郎《まさごろう》の娘で、長唄を習いに来ていた。

「はい、さっそく行ってみます」

栄次郎は礼を言って立ち上がった

元鳥越町から向柳原《むこうやなぎはら》を経て神田佐久間町にやって来た。

徳ノ市のところに行く途中に、『千扇堂』という小間物屋があった。そこそこ大きな店だ。店先を通りがてら覗くと、きのうの男が客の相手をしていた。

藤吉という名だったと思い出しながら、栄次郎は徳ノ市の家に向かった。

二

夕暮れて、通りを行き交うひとの動きも忙《せわ》しない。藤吉は外に出た。きのうの男がいるかもしれないが、目には入らなかった。

あの男は誰かに頼まれてつけてきた。昨日は御厩河岸から渡し船に乗るつもりだったが、つけられているとわかって取りやめたのだ。

あの男は何食わぬ顔で渡し船にも乗り込んできたはずだ。行き先を確かめようとしているのだ。

ふつか前に届けられた文を見て、藤吉は衝撃を受けた。すぐに本所石原町《いしはらちょう》に住む十蔵《じゅうぞう》に会って相談しなければならなかった。

だが、相手は藤吉の相棒が誰だったか知らないのだ、だから、藤吉を脅して十蔵のもとに駆けつけさせるようにしたのに違いない。

十蔵と藤吉は五年前まで行商をして江戸を歩きまわっていた。藤吉は小間物を背負って得意先をまわり、十蔵は野菜を売り歩いていた。住んでいる場所は違っていたが、商売する場所が重なっていて何度も会ううちに同い年ということもあって親しくなった。

今では藤吉は店を構え、小間物屋の主人になっていた。十蔵も石原町で店を構えている。五年前のあることを境に、何があっても二度と会わないと誓い合って藤吉と十蔵は縁を切ったのだ。だが、事態が変わった。

「旦那さま。そろそろ暖簾《のれん》を仕舞いましょうか」

番頭が出て来て言う。

「そうしてもらおう」

そう言い、藤吉は店に入った。

店先には櫛《くし》、笄《こうがい》、簪などが並んでいる。高級なものから安いものまで取り揃えてある。せっかく手に入れた自分の店を失いたくはない。

早く十蔵に会いたかったが、不用意に会いに行って十蔵との関わりを知られてはならないのだ。

藤吉は奥に行った。

「おまえさん、何かあったのかえ」

女房のお房《ふさ》が細い眉を寄せてきいた。

「なんでだ？」

「だって、この二、三日、ふいに思い詰めた目で考え込んだり、外を気にしたり、なんだか様子が変だから」

「気のせいだ」

藤吉はあえて苦笑して言う。

「なら、いいんだけど」

お房とはこの店をはじめたときに所帯を持った。小間物の行商をしているときに住んでいた阿部川町《あべかわちょう》の長屋に住んでいた。

「旦那さま」

女中がやって来た。

「旦那さまを訪ねてお客さまです」

「客？」

はっとした。

「誰だ？」

「名を仰《おっしゃ》りません。会えばわかると」

「どこにいる？」

「外で待っていると」

「どんな男だ？」

「三十歳ぐらいの目つきの鋭いひとです」

「わかった」

藤吉は難しい顔をした。心当たりはない。

「おまえさん、顔色が悪いわ」

「心配ない」

藤吉は言い捨て、裏口から出て表にまわった。

しかし、周囲を歩きまわったが誰もいなかった。脅しだ。家に入ろうとしたとき、斜《はす》向かいの下駄屋《げたや》の脇に男が立っていた。

藤吉が近付こうとしたとき、男は急に背中を向けて去って行った。藤吉は憤然として男を見送った。

翌日の夜、藤吉は店を閉めたあと、駕籠《かご》で薬研堀《やげんぼり》に向かった。つけられているかもしれないが、あえて無視をした。元柳橋《もとやなぎばし》を越えて、『笹舟《ささぶね》』という船宿に駕籠はついた。

駕籠を下りた藤吉は背後を見たが、あやしい影は見当たらなかった。暗がりに隠れたかもしれない。

藤吉は船宿に入り、猪牙舟《ちょきぶね》を頼んだ。

それから半刻（一時間）後、藤吉は本所石原町にある薪炭《しんたん》問屋『十字屋《じゅうじや》』の客間で、主人の十蔵と差し向かいになっていた。

十蔵は大柄でがっしりしている。顔は大きいが目は細く、鼻は横に広い。

「二度と会わないと誓ったが、俺ひとりではどうしていいかわからず、会いに来てしまった」

藤吉は言い訳を言う。

十蔵も厳しい顔で煙管《キセル》をくわえていたが、とうに火は消えていた。やはり、十蔵も動揺しているのだ。

「その文を持って来たのはどんな男だ？」

「小僧が言うには二十五、六歳の遊び人ふうの男だったそうだ。昨日、俺のあとをつけてきた男と同じだと思う。だが、男は使われているに違いない。黒幕がいるのだ」

藤吉は吐き捨てる。

「今頃、こんなことになるなんて。いってえ、誰なんだ」

やっと煙管を口から放し、十蔵は顔をしかめて言う。

「あんとき、誰にも見られていなかったはずだ」

藤吉は首をひねった。

「だが、文の主はおまえのことを知っている」

「それが、いくら考えてもわからねえ」

「あんとき、誰かが隠れていたんじゃねえのか。どこかから、俺たちのことを見ていたんだ。そいつが偶然、俺を見かけた……」

藤吉はそうに違いないと思った。

「そいつは誰だ？　奉公人か、それとも長五郎《ちょうごろう》の身内か」

十蔵は呟《つぶや》き、

「いずれにしろ、俺たちから金を強請《ゆす》り取ろうとしているのだ。そのうち、金の要求があるはずだ」

「金が狙いか」

「他に何がある？」

「長五郎の身内だとしたら」

「いや、身内ならこんなまどろっこしいことをせず、町方《まちかた》に訴えるはずだ」

「やはり金か」

「そうだろう。それしか考えられない」

十蔵は言い切った。

「払うのか」

「…………」

十蔵は押し黙った。

「どうするんだ？」

「一度払えば、二度、三度と続く。だが、拒絶したら、俺たちを奉行所に訴えるかもしれない」

十蔵は口を開く。

「じゃあ、どうするのだ？」

「その前に、まず、相手が何者かを探る必要がある。それによって、こっちの手立ても変わる。藤吉」

十蔵は鋭い顔を向け、

「おめえをつけてきた若い男を逆につけて、背後にいる奴を見つける。場合によっては捕まえて、誰に頼まれたのか口を割らしてもいい」

「しかし、そんなこと……」

そんな簡単にいかないと、藤吉は怖《お》じけづいた。失敗したら、相手は急に牙《きば》を剝《む》いてくるに違いない。

「最近雇ったんだが、なかなか使えそうな男がいるんだ。それに忠義者だ。益三《ますぞう》というのだが、そいつにやらせる」

「どうするのだ？」

「明日、もう一度、益三にその男のあとをつけさせるのだ。おまえはどこか適当なところに行ってそのまま引き上げろ。あとは益三がうまくやる」

「わかった」

「よし」

十蔵は手を叩き、顔を出した手代ふうの男に、

「益三を呼んでくれ」

と、命じた。

手代はすぐに下がって、やがて入れ代わるように鋭い顔付きの男がやって来た。顎の大きな黒子《ほくろ》が目についた。

「益三。俺の古い知り合いの藤吉だ」

十蔵が引き合わせる。

「益三です」

益三は藤吉に挨拶をした。

「事情はあとで説明する。明日の夕方、神田佐久間町にある藤吉の店に行くんだ」

「いや、待て。御厩河岸の渡し場の近くで待っていてくれ。俺はそこを通る。俺のあとをつけてくる男がいるはずだから、その男のあとをつけてもらいたい」

藤吉は思いついて言う。

「わかりました」

益三が応じる。

「相手がわかってからこっちも手立てを考える」

と、十蔵は口許を歪めて言い、

「明後日の昼頃、神田明神《かんだみようじん》の境内で落ち合おう。もちろん、他人を装い、言葉を交わすだけだ」

「わかった」

藤吉は緊張した声で答える。

「藤吉。しっかりしねえと、身の破滅だ。いいな」

「わかっている」

藤吉は立ち上がった。

「どうやって帰るのだ。益三に送らせよう」

「いや、舟を待たせてある」

「そうか。益三。妙な奴がいないか、外を探れ」

「へい」

益三は部屋を出て行った。

「じゃあ、藤吉」

「すまなかったな」

藤吉も応じ、その十蔵の家を出た。

外に出ると、益三が立っていた。

「怪しい奴はいません。じゃあ、お気をつけなすって。念のために、船着場までつけていきますので」

「ありがとう」

藤吉は礼を言い、待たせてある猪牙舟に乗った。

舟に揺られながら、藤吉はこの五年間のことを振り返った。五年前の秋に小間物の

『千扇堂』を開店後、商売は予想以上にうまくいった。

お房が職人といっしょになって作った『鳳凰《ほうおう》』という鬢《びん》付《つ》け油が当たり、その後の白粉《おしろい》も売れた。

怖いぐらいに順調にきた。財産もかなり増え、このままいけばもっと大きな店も構えられそうだった。

まだ子どもがいないが、いずれ出来るだろう。

何もかもうまくいき、藤吉は満足な日々を送っていた。それがたった一通の文で一転した。

――『千扇堂』は五年前の春に金貸し長五郎から盗んだ金ではじめたことを知っている。

文にはそう記されていたのだ。藤吉は耳許で烈しい雷鳴を聞いたような衝撃で目が眩《くら》んだ。

五年前のことは誰も知らないはずだった。知っているのは相棒の十蔵だけだ。十蔵も石原町で薪炭問屋『十字屋』をはじめ、かなり繁盛していた。そのことを風の便りで聞いていたので安心していた。

もっとも、十蔵の商売がうまくいっていなかったら少しぐらいの手助けは出来るし、してやりたいとも思っていた。

だが、身の安全を保つならふたりは赤の他人になるべきだと思った。棒手振《ぼてふ》りだったふたりがほぼ同じ時期に店を持ったことに、どこの誰が不審を持たないとも限らないからだ。だから、十蔵と縁を切った。

もし、十蔵と会わねばならないときはそれは何らかの危機が迫った場合だと思っていた。まさか、その危機に直面しようとは……。

舟は神田川に入り、神田佐久間町に近い船着場に着いた。


翌日の夕方、藤吉は店を出た。

辺りを見まわしたが、怪しい人影はなかった。だが、どこかから見ているはずだ。そう思って、歩きだす。

佐久間町の通りを抜け、向柳原を突っ切り、鳥越神社の脇を過ぎる。角を曲がるとき、さりげなく振り返る。目についた人影が尾行者かどうかわからない。

蔵前通りに入って、藤吉はもう一度、背後に注意を向けた。

つけてくる。先日と同じ男かどうかわからないが、明らかにつけてくる。

藤吉は御米蔵《おこめぐら》が切れたところを、大川《おおかわ》のほうに曲がった。この先が御厩河岸の渡し場である。藤吉はその前に差しかかった。

ふと、木の陰から顔を覗かせた男がいた。益三だ。藤吉はそのまま行き過ぎる。

そして、黒船町にやって来た。先日、飛び込んだ家の前で立ち止まる。背後を気にしてから、戸を開けて土間に入った。

「ごめんください」

広い土間の向こうから女が出て来た。お秋という名だ。

「あなたはこの前の」

お秋が口を開く。

「はい。『千扇堂』の藤吉でございます。先日はありがとうございました」

「あのあと、遊び人ふうの男がやって来ましたよ。だから、あなたが仰ったように答えました」

「そうですか。おかげで助かりました。これ、つまらないものですが」

藤吉は女中に買ってきてもらった羽二重団子《はぶたえだんご》を差し出した。

「あら、気を使わなくてよございましたのに」

お秋が言う。

「いえ。急に不躾《ぶしつけ》なお願いをしたのですから」

藤吉は礼を言い、

「では、失礼いたします」

と、踵《きびす》を返した。

外に出る。遊び人ふうの男が前回と同じ場所に立っているのがわかった。藤吉は蔵前通りに出て、帰途についた。

神田佐久間町にある『千扇堂』に近付いて背後を振り向くと、すでに尾行者はいなくなっていた。

はたして、益三があの遊び人ふうの男の素姓を突き止められるか、藤吉は気になりながら、『千扇堂』の潜《くぐ》り戸を入った。

翌日の昼前、番頭にちょっと出て来ると言い、藤吉は神田明神に行った。

鳥居をくぐり、辺りを見まわしながら境内を奥に進む。水茶屋の赤い毛氈《もうせん》のかかった床几《しょうぎ》に羽織姿の十蔵が座っているのがわかった。

つけられているかもしれないので、藤吉はそのまま拝殿まで行き、お参りをして引き返し、さっきの水茶屋に寄った。

藤吉は十蔵が座っている床几の横に腰をおろした。

茶汲み女がやって来たので、甘酒を頼んだ。

引き上げかけた娘に、

「すまないね、私にももう一杯甘酒を」

と、十蔵が声をかけた。

はあいと可愛い声を上げて、娘は釜のほうに向かった。

「益三は何かつかんだのか」

藤吉は煙草《たばこ》入れから煙管を抜き出しながらきく。

「益三は……」

十蔵が言いかけたとき、茶汲み女が甘酒を運んで来た。藤吉と十蔵のそれぞれの脇に置いて去って行った。

「益三がどうかしたのか」

藤吉はきく。

「昨夜、帰ってこないんだ」

十蔵が甘酒を一口すすってから言った。

「帰ってない？」

藤吉は聞きとがめた。

「どういうことだ？」

「わからねえ」

十蔵が険しい顔で言う。

「まさか」

藤吉ははっとした。

「益三は深入りしたんじゃ……」

相手の住まいまで尾行し、さらに素姓を探ろうとした。そのことに気づかれた相手が益三を……。

藤吉は悪い想像をした。

「うむ」

十蔵は甘酒を飲み干して、

「今後の落ち合う場所を考えよう。こういう場所じゃ何も話せねえ」

「そうだ」

藤吉は思いついて、

「浅草黒船町にお秋というひとの家がある。そこにしよう。取り敢えず、明日の昼、そこに来てくれ。俺も行く」

「浅草黒船町のお秋だな。よし」

十蔵は立ち上がって勘定を払った。

十蔵が去ったあとも、藤吉は甘酒をゆっくり呑みながら益三に思いを馳せた。そして、案外とどこか岡場所で遊んで今頃帰っているのかもしれない。藤吉はあえてよいほうに考えて立ち上がった。


『千扇堂』に帰ると、番頭がすぐやって来て、

「旦那さま。天神下《てんじんした》の親分さんが……」

と、店の隅に顔を向けた。

「親分……」

藤吉は動悸が激しくなった。まさか、益三の件かと思ったが、益三のことならここに来るはずはないと思いなおした。

紺の股引《ももひ》きに茶の着物を尻端折《しりはしょ》りした男が近付いて来た。四十ぐらいのいかつい顔の男だ。目尻がつり上がっている。

「俺は南町の旦那から手札をもらっている天神下の段平《だんぺい》ってもんだ。藤吉さんだね」

「はい。藤吉にございます。何か」

藤吉は恐る恐るきく。

「今朝、入谷《いりや》にある定雲寺《じょううんじ》の裏手で死体が見つかった。身許《みもと》がわからないんだ。三十ぐらいの男だ」

「…………」

「野次馬のひとりが『千扇堂』から出て来るのを見たことがあると言っていた。それでおまえさんに亡骸《なきがら》を確かめてもらいたいのだ」

「さあ、私でわかるか。ともかく、見てみます」

益三かどうか、確かめたい気持ちが勝った。

「よし。さっそくだが、来てもらおう。寺の納屋に寝かせてある」

藤吉は段平といっしょに入谷まで行った。

田圃《たんぼ》の中にある寺だ。山門を入り、本堂の裏にまわる。

納屋があった。その前に、段平の手下らしい男が立っていた。

段平を見て、手下が戸を開けた。

土間に死体が横たわっていた。開いた戸口から陽光が射し込んで死体を照らした。

「さあ、見るんだ」

段平が藤吉を急《せ》かす。

「はい」

藤吉は亡骸を見た。顔は腫《は》れていた。目の縁は痣《あざ》が出来、唇が切れて垂れた血が固まっていた。体中に殴られた跡があり、心ノ臓に刺し傷のようなものがあった。

もう一度、顔を覗き込んだ。顎の黒子《ほくろ》から益三に違いないと思った。

「どうだ？」

段平がきいた。

「どうも覚えがありません」

「なに、覚えがない？　顎の黒子が特徴だ。それでも思い出せねえのか」

「はい。申し訳ありません」

「ほんとうに知らないのか」

段平は睨みつけるような顔をした。

「はい、もしかしたらお客として来たかもしれませんが、まったく覚えていません」

何か言いたそうだったが、段平は大きくため息をついた。

「もうよろしいでしょうか」

「ああ、いいぜ。また、ききに行くかもしれねえ。そのつもりでな」

「はい」

無気味な段平の目から逃れるように藤吉は急いで山門に向かった。たいへんなことになったと、藤吉は足が震え、思うように歩けなかった。

三

栄次郎は座頭の沢ノ市《さわのいち》に指や手首をもみほぐしてもらいながら、

「まだ、しばらく使えませんか」

と、きいた。

「だめですな」

沢ノ市は冷たい口ぶりで平然と言った。沢ノ市は徳ノ市の弟子で、今は沢ノ市にお秋の家まで来てもらっている。

「どのくらい？」

「ひと月は使ってはいけません」

「ひと月……」

そんなに稽古が出来なければ、三味線の技量はだいぶ落ちる。ひと月休んだあと元どおりになるには二倍の期間が必要かもしれない。

来月の市村座は絶望的だ。

「なんとかもっと早く回復しませんか」

「かなりこき使っていましたね。まさか、三味線だけでなく、剣の素振りをしていたなんてことはないでしょうね」

「いけませんか」

「負担がかかり過ぎます。これからはどちらか一本にするのがよろしいでしょうね」

「…………」

「受け入れがたいという感じですね」

まるで目が見えるかのように、沢ノ市は言う。

「早く治すには使わないことです」

「辛いですね」

栄次郎はため息をついた。

まったく予期しなかった障害だった。まさか、こういう形で三味線か剣のどちらかをとるかの選択をしなければならなくなるとは……。

「はい、お疲れさまでした」

沢ノ市は言う。

栄次郎は手首を軽くまわし、

「だいぶ楽になりました」

「いいえ、無理したらすぐ痛みがぶり返します。とにかく使わないことです。ほんとうは当て木をして手首を動かさないようにしたほうがいいのですが」

沢ノ市はそう言い、

「では、失礼します」

と頭を下げて立ち上がった。

沢ノ市はまるで目が見えるかのように部屋を出て階段を下りる。栄次郎も階下まで見送りに行く。

神田佐久間町の沢ノ市の家を訪れ、はじめて治療してもらったが、二度目からはお秋の家に来てもらうようになった。

贔屓《ひいき》にしてくれる田原町《たわらまち》の大店《おおだな》の隠居のところに灸《きゅう》をしに行くので、その帰りに寄るということになったのだ。

「沢ノ市さん、お気をつけて」

お秋が声をかけると、振り向いて会釈をして、沢ノ市は帰っていった。

「栄次郎さん、手はどう？」

「まだしばらくは……」

栄次郎は右手首を見て呟く。

「三味線の音が聞こえないのは寂しいわ。それより、栄次郎さんがここにやって来なくなってしまうんじゃないかって思うと」

お秋は表情を曇らせた。

「そんなことありませんよ」

栄次郎が答えて二階に戻りかけたとき、

「ごめんください」

と、戸口で男の声がした。

「あら、藤吉さん」

お秋が声をかける。

きのうも藤吉がここにやって来たとお秋から聞いていたので、栄次郎も気になって様子を窺《うかが》った。

「じつはお願いがございまして」

藤吉が切り出す。

「たいへん厚かましいお願いなのですが、明日の昼頃、こちらのお部屋を半刻（一時間）ばかり、お借り出来ないかと思いまして」

「よございますよ」

お秋が目を細めた。

「お連れさまとはここでお待ち合わせですか」

お秋は空いている部屋を男女の逢瀬《おうせ》に使わせている。藤吉は女を連れ込もうとしているのかと苦笑して、栄次郎は階段を上りかけた。

「えっ、女子《おなご》ではないのですか」

お秋の声が聞こえた。

栄次郎は再び立ち止まって聞き耳を立てた。

「はい。十蔵という男です。内密な相談がありまして……」

「わかりました。どうぞ、お使いください」

栄次郎は階段を上がって二階の部屋に戻った。

この数日、三味線に触れてもいない。少し焦りに似た気持ちもある。この手首がうらめしいと、栄次郎はため息をついた。

階段を上がる足音がして、お秋がやって来た。

「栄次郎さん、よろしいかしら」

「どうぞ」

障子を開けて、お秋が入って来た。

「藤吉さんの顔、見ました？」

いきなり、お秋が眉根を寄せて、

「青ざめていて、なんだか何かに怯《おび》えているように思えたんです」

「怯えている？」

「ええ。声も少し震えていて。明日、会うひとのことは口外しないで欲しいと」

「そうですか。はじめてここにやって来たときからふつうではありませんでしたからね」

「ええ。明日の昼頃にやって来ます。栄次郎さんも、ここにいてくれませんか。なんだか、心配で」

「わかりました」

栄次郎も藤吉の動きに不審を抱いていたのですぐ請け合った。

その夜、栄次郎は本郷の屋敷で久しぶりに兄とともに夕餉をとり、そのあとで兄の部屋に呼ばれた。

「栄次郎、美津どのを嫁にすることに決めた」

兄は少し目を伏せた。

「よございました。兄上をその気にさせたのですから、美津どのは素晴らしいお方なのでしょうね」

栄次郎は兄の縁組を我が事のように喜んだ。

「うむ。聡明で美しい。わしにはもったいないほどの女子だ」

兄は満面に笑みを浮かべた。

「兄上の仕合わせそうな顔をはじめて見たような気がします」

「そんなことあるまい」

兄は照れたように言い、

「ただ、身分の差が気になる」

「でも、先方も気になさっていないそうではありませんか」

自分の存在が影響していなければいいがと思いながら、栄次郎は言う。

「美津どののものそのようなものは気にかけてもいない」

「それなら何ら問題ないではありませんか」

「そうだが」

「何か」

「周囲のやっかみだ」

兄は渋い顔になって、

「美津どのを妻にしたいと思っていた旗本の伜《せがれ》どのもたくさんいたようだ。何人もの御曹司を差し置いて、よりによって小禄の俺が妻にする。このことに納得いかない者がいるようだ」

「そうですか」

「まあ、何かと辛く当たられるかもしれないが、一時の辛抱だ」

「そうでしょう。祝言が終われば、もうそんなやっかみもなくなりましょう」

「そうだな」

兄は笑みを漏らし、

「母上からも聞いたと思うが、屋敷を増築する。その許しを得てある。だから、美津どのがここに暮らすようになっても何の心配もいらない。そなたは今までどおり、この屋敷で暮らすのだ」

「はい。ありがとうございます」

頭を下げ、引き上げようとして、

「栄次郎」

と、声をかけられた。

「ここ二、三日。そなたは剣の素振りをしていないようだな」

兄は鋭くきいた。

「雨や雪の日、それに前夜がどんなに遅くなっても、必ず早暁に素振りをしていた。いったい、どうしたというのだ？」

「それは……」

栄次郎は兄に隠しておけないと思い、

「じつは手首をちょっと傷めました。それで、しばらく手首を使わないようにしているのです」

「だいじょうぶか」

「はい」

「大事にな」

「ありがとうございます。では」

栄次郎は自分の部屋に戻った。

翌朝、栄次郎は朝餉のあとすぐ屋敷を出た。

加賀前田《かがまえだ》家の上屋敷の横を通り、湯島の切通しから神田明神下に行った。

新八《しんぱち》の住む長屋に入って行く。

以前は新八は大名屋敷や大身の旗本屋敷、そして豪商の屋敷などに忍び込むひとり働きの盗人《ぬすっと》だった。忍び込んだ屋敷の武士に追われた新八を助けたことが縁で、栄次郎と親しくなった。

ある事情から今は盗人をやめ、御徒目付《おかちめつけ》である兄の手先として働いている。が、時には栄次郎に手を貸してくれているのだ。

新八の住まいの腰高障子を開け、

「新八さん」

と、声をかけた。

新八はすでに起きていた。

「栄次郎さん。さあ、どうぞ」

新八の勧めで、栄次郎は左手一本で腰から刀を外し、上がり框《かまち》に腰を下ろした。

「今、何か仕事に入っているのですか」

「いえ、今は空いています」

「よかった。ちょっとお願いがあるのですが」

「なんでしょう」

「きょうの昼、お秋さんの家に神田佐久間町にある小間物の『千扇堂』の主人藤吉がある男と内密で会うそうです」

栄次郎はその経緯《いきさつ》を説明した。

「藤吉さんは、その数日前、御厩河岸の渡しで本所に渡ろうとしたのを何者かにつけられていることに気づいて急遽、お秋さんの家に飛び込んだのです。これは想像ですが、本所にいる誰かに会いに行こうとしたが、その相手を探られたくなかったので、あのような動きに出たのではないかと」

「きょうの昼、会うという相手が本所に住む男でしょうか」

「そうだと思います。相手の男のあとをつけ、素姓を確かめていただきたいのです」

「わかりました。確かに、藤吉というひとは何か秘密を抱えているようですね。これから、『千扇堂』に行き、藤吉の顔を確かめてから、昼過ぎにお秋さんの家の前を見張っています」

「よろしくお願いします」

立ち上がってから、右手を使わないように左手だけで刀を腰に差した。

「栄次郎さん」

新八が声をかけた。

「右手、どうかなさったのですか」

「わかりましたか。じつは腱《けん》を傷《いた》めたようで、しばらく使わないようにしているのです」

「三味線の弾き過ぎですか」

「来月の市村座に備えて毎日稽古をしていたこともあるんですが、毎朝の剣の素振りもあって手首に負担が多くかかってしまったようです」

「では、今は稽古は出来ないんですね」

「ええ。十日ほどで稽古が再開出来ないと、来月の市村座も辞退しなければならなくなるでしょう」

栄次郎は胸を掻きむしりたいほどの悔しさを抑《おさ》えて言う。

「そうですか。早く、治るといいですね」

「ええ。では、お昼にお願いいたします」

栄次郎は新八の長屋をあとにした。

昼前に、お秋の家に着いた。

栄次郎は二階の部屋の窓辺に立った。外を見まわしたが、新八の姿はなかった。やがて、藤吉がやって来て、お秋の家に入って行った。

川っぷちに新八の姿が現れた。やはり、藤吉をつけてきたようだ。

お秋が藤吉を二階の奥に案内した。

それから四半刻（三十分）後、羽織姿の大柄な男がお秋に連れられ、奥の部屋に向かった。

栄次郎は襖の隙間から男を見た。顔は大きいが目は細く、鼻は横に広い。男は厳しい顔で、藤吉の待つ部屋に入って行った。

四

藤吉は十蔵と差し向かいになった。

「誰にもつけられちゃいなかったか」

　藤吉は確かめる。

「だいじょうぶだ。そっちは？」

　十蔵が藤吉にきいた。

「つけられてはいない」

　藤吉は答える。

「うむ」

　十蔵はため息をついた。

「益三のことは知っているな」

　藤吉は切り出す。

「益三は昨夜も帰ってこなかった」

「知らないのか」

　藤吉はため息をついた。

「何かあったのか」

「益三は殺された」

「殺された？」

「ああ、昨日の朝、入谷の定雲寺の裏手に捨てられていた」

「なぜ、おめえが知っているんだ？」

「岡っ引きの段平が俺を呼びに来た。野次馬のひとりが、俺の店から出て来るのを見かけたことがあると言っていたそうだ」

「益三が『千扇堂』に行くはずねえ」

「野次馬は仲間か。あとをつけてきたから、てっきり俺の手の者と思ったのかもしれねえな」

藤吉は真顔になって、

「益三は殴られ、蹴られた痕《あと》があった。拷問を受けたのだ。誰に頼まれたのか、聞き出そうとしたのだろう」

「………」

「どうするんだ？　益三の亡骸を引き取るのか」

「いや、のこのこ出て行けば、敵に俺のことがわかってしまう。それに、岡っ引きに不審をもたれかねない。可哀そうだが、放っておくしかねえ」

十蔵は歯嚙みをした。

「いってえ、誰なんだ」

藤吉は見えない敵に焦燥を募らせた。

「これからどうするか」

十蔵は深刻な顔で呟く。

「敵は、まだ藤吉が金を盗んだとはっきりした証《あかし》を持っているわけではないんだ。だから、脅しの文で、反応を見ているのだ。ただ、俺のことがわかれば、ますます疑いを強めるに違いない」

「どうしたらいいんだ？」

藤吉は沈んだ声できく。

「相手がどう出るか、待つしかない。それからだ」

「金を要求してくるに決まっている」

藤吉は吐き捨てるように言う。

「問題はそれがいくらぐらいかだ」

「それによっては金を出すのか。俺は金を出すのは反対だ。一度、出せば二度、三度と金をせびってくる」

藤吉はびた一文出す気はなかった。盗んだ金はふたりで五十両だ。山分けし、藤吉は二十五両を元手に『千扇堂』を立ち上げた。わずか五年で店をここまで大きくしたのも藤吉ががむしゃらに働いてきたからだ。

「ともかく、相手が何か言ってくるのを待とう」

十蔵は厳しい顔で言う。

「わかった。で、相手の動きがあったら？」

「奉公人を使いに寄越せ。そしたら、またここで落ち合おう。席代を払えばまた貸してくれるだろう」

「わかった。俺が頼んでおく」

「じゃあ、俺が先に出る」

「階下までいっしょに行こう」

藤吉と十蔵は部屋を出て階段に向かった。

一階におりて、

「おかみさん」

と、藤吉は声をかけた。

お秋が出て来た。

「お帰りですか」

「はい」

「じゃあ、私は一足先に。おかみさん、ありがとうございました」

十蔵が先に引き上げた。

「おかみさん。また、部屋をお借りしたいのですが。もちろん、席料はお支払いいたします」

「そうですか。いつでも構いませんよ」

「ありがとうございます」

藤吉は十蔵が出て行ってから十分の間をとって土間を出た。

辺りを見まわしたが、見張っているような男は見当たらなかった。藤吉は急ぎ足で蔵前通りに出た。

神田佐久間町にある『千扇堂』に帰った。

「旦那さま。親分さんが……」

番頭が近付いてきて耳打ちした。

舌打ちしたい気分だったが表情を和らげて、土間の隅で立ち上がった段平のそばに行った。

「すまねえが、待たせてもらったぜ」

段平は無気味な目を向けた。

「何か」

藤吉はきく。

「じつは、まだホトケの身許がわからねえんだ。念のために、奉公人にきいたが、みな知らなかった」

「そうでしょう。あの男はここに来たことありません」

「だが、どうもひっかかるんだ」

段平は意味ありげに顔をしかめた。

「まだ、何か」

「ここじゃ、商売の邪魔になってもいけねえな。外に出るか」

「はい」

段平は店を出て行く。藤吉はあとに従う。

神田川のそばまで行って、段平は振り返った。

「もうすっかり秋だな」

段平は空を見上げた。鰯雲《いわしぐも》が浮かんでいる。

藤吉は黙っていた。

「あの店は五年前の秋にはじめたそうだな」

ふいに、段平はきいた。

「はい」

喉《のど》に声が引っ掛かった。

「その前は小間物の行商をしていたんだってな」

「さようで」

「小間物の行商は何年ぐらいやっていたんだ？」

「五年ぐらいです」

「五年か。五年もやれば、店を開く元手が出来るのか」

「いえ、借金をして思い切ってはじめたのです。鬢付け油などが当たったおかげで借金はすぐに返すことが出来ました」

「ちなみに借金はどこから？」

「得意先のお方です。名前は勘弁ください」

「そうかえ」

段平は含み笑いをし、

「その当時、どこに住んでいたんだね」

「浅草阿部川町です」

「浅草阿部川町か。新黒門町《しんくろもんちょう》のほうも歩きまわったんだろうな」

「…………」

何を考えているのかと、藤吉は用心深く身構えた。

「変なことをきくが、おまえさんに親しい友達がいるのかえ」

「いえ、特に親しい友達はおりません。常に商売だけを考えていたので。友達など作るゆとりはありませんでした」

「おかみさんとは親しくなったな」

「同じ長屋に住んでいましたので」

「なるほど」

段平は頷き、

「邪魔してすまなかった。もういいぜ」

「親分さん」

藤吉は思いついて、

「殺された男が『千扇堂』から出て来るのを見たと告げたのはどんなひとですか」

と、きいた。

「どうしてだ？」

「いえ。ほんとうに見たのかと思いまして」

「嘘をついているようには思えなかったが」

「そうですか。で、そのお方はどこのどなたでしょうか」

「車坂町《くるまざかちょう》に住む弥二郎《やじろう》って男だ」

段平は微《かす》かに笑ったような気がした。

「どうするんだ？　弥二郎に会いに行くのか」

「いえ、とんでもない。そんなこと必要はありません」

「そうか。確か、町木戸に近い長屋だと言っていたな」

また、段平は含み笑いをしたようだ。

「では」

藤吉は会釈をして店に戻ろうとした。

「また、寄せてもらうぜ」

背後から、段平の声が聞こえた。藤吉は思わず顔をしかめた。

その夜、藤吉は濡縁《ぬれえん》に座り、暗い庭を眺めていた。床下からコオロギの鳴き声が聞こえる。

夜風は涼しいくらいだ。

文の差出人の狙いは金に違いない、岡っ引きの段平に、殺された男を『千扇堂』の近くで見たと告げた弥二郎こそ文を出した男ではないか。

弥二郎こそ、あとをつけてきた二十五、六の遊び人ふうの男ではないか。会ってみたいが、万が一段平に見つかったら妙に思われるだろう。

だが、文の主はどうして藤吉が長五郎の金を盗んだことを知っているのか。確信はないが、疑っていることは間違いない。

もしかしたら、長五郎の家から飛び出したのを見ていた者がいたのかもしれない。それが弥二郎だ。藤吉も十蔵も頬被《ほおかむ》りをしていたから顔はわからなかったはずだ。だが、ふたりの背格好を覚えていたのではないか。

弥二郎は偶然に『千扇堂』に客として入って、藤吉を見た。あのとき見た男に体つきが似ている。そこで調べると、『千扇堂』は五年前に店を開いている。長五郎の家から盗んだ金を元手にはじめたのではないかと考えた。もうひとりの男を見ればはっきりする。それで、相手の男を見つけ出すために脅迫の文を出した。

連れの男十蔵を見つければ、体付きももうひとりの男に似ていて、やはり五年前に店を持った。こうなれば、もはやあのときのふたりだと考えて間違いない。そう思うだろう。

藤吉は今の考えに間違いないような気がした。

そして、弥二郎こそ文の差出人に違いないと思った。

「おまえさん」

お房がやって来た。

「どうしたのさ。なんだか怖い顔をして考え込んでいるみたいだけど」

「いや、なんでもない」

「でも、近頃のおまえさん、様子がおかしいわ」

「考えすぎだ」

「そうかしら。きょう、親分さんが来たでしょう。殺された男とおまえさんが知り合いじゃないかとしつこくきいてきたわ」

「なに、おまえにもきいてきたのか」

藤吉は啞然とした。

まずいと、藤吉は思った。金を出さなければ岡っ引きに訴えるという脅しを、弥二郎はしてくるに違いない。

「おまえさん。また、そんな怖い顔をして」

お房が心配そうに言い、

「いったい何があったの。教えて」

と、腕をつかんだ。

「ほんとうになんでもないんだ。誰かが、人違いをしているんだ」

「人違い？」

「殺された男が俺の知り合いだと誰かが親分さんに告げたそうだ。だが、そうじゃない」

「そう……」

納得した顔ではなかったが、お房はそれ以上きかなかった。

十蔵との関わりが知られてなければ、しらを切ることが出来る。このまま手を拱《こまね》いているわけにはいかない。『千扇堂』を守るためにも闘わねばならない。藤吉はその覚悟を固めた。


翌日の朝早く、藤吉は外出の支度をした。

お房が不思議そうな顔をしていたが、藤吉は黙って家を出た。

下谷広小路《したやひろこうじ》から上野山下《うえのやました》を経て車坂町にやって来た。木戸番屋の前を過ぎ、最初に見つかった長屋木戸の前にやって来た。

ちょうど五つ（午前八時）になって、長屋の男たちが仕事に出かけて行くところだ。職人が多い。見送りのおかみさんたちも出て来て、路地は賑わっていた。

男たちの中に弥二郎がいたかもしれないと思ったが、藤吉は朝のあわただしい中を気後《きおく》れしながら、おかみさんたちが残った路地に入った。

「恐れ入ります。こちらに弥二郎さんというお方はいらっしゃいますか」

藤吉は手前にいた小肥りの女に声をかけた。

「弥二郎さんなら、一番奥の家ですよ」

「まだ、いらっしゃいますかね」

「いるんじゃないですか」

「そうですか。失礼します」

そう言い、藤吉は奥に向かった。

腰高障子に弥二郎という千社札が斜めに貼られていた。藤吉は深呼吸をしてから戸に手をかけた。

「ごめんください」

藤吉は戸を開けた。

天窓からの明かりが射し込んでいる。部屋でふとんが動いた。まだ、寝ていたようだ。

「誰でえ」

声がした。

藤吉は土間に入り、

「私は『千扇堂』の藤吉と申します。弥二郎さんでいらっしゃいますか」

「そうだ」

弥二郎は起き出してきた。二十半ばの色の浅黒い男だ。つけてきた男とは別人だった。

「なんの用だ？」

「入谷で殺された男のことで」

藤吉は切り出す。

「おまえさんが、殺された男を『千扇堂』から出て来るのを見たと、段平親分に知らせたそうですね」

「それがどうした？」

「それは間違いないのですか」

「なんだ、俺が嘘をついているとでも言うのか」

「いえ、とんでもない。第一、そんなことで弥二郎さんが嘘をつくわけはないではありませんか」

「あたりまえだ」

「ただ、勘違いってこともあると思って」

「勘違いだと？」

「ほんとうにうちの店の近くで見かけたのならちょっと薄気味悪いので、いつ見たのかはっきりさせたいのです」

藤吉は弥二郎の顔を見据える。

「いつ見たかは忘れた」

「詳しい日付はわからなくとも、数日前か半月前かひと月以上前か……」

「半月前だ」

「半月前に見かけた男のことをよく覚えておいでてでしたね。その男とは面識があったのですか」

「そんなものねえ」

「では、印象に残る何かがあったのでしょうか」

「あんた、しつこいぜ。そんなこと、覚えちゃいねえ。すまねえが、もう帰ってもらおうか」

「最後にひとつだけ。そのとき、あなたも『千扇堂』に何か用があっていらっしゃったのでしょうか」

「さあ、なんだったけな」

弥二郎はとぼける。

「弥二郎さん、ほんとうは誰かに頼まれたんじゃないですか」

藤吉は鋭くきいた。

「どうして俺が誰かに頼まれなきゃならねえんだ」

弥二郎は気色《けしき》ばんだ。

「おまえさんの言い分があやふやだからだ」

「なんだと」

弥二郎は片膝を立てた。

「なぜ、たまたま見かけた男のことをそんなに覚えていたんだね。よほど、気に留める何かがあったのか」

「…………」

「あの男のどこかに特徴があったのか。言えまい。ちゃんと顔を見ていれば、あの男に大きな黒子があったのを覚えているはずだ。それを言えないのは会っていないからだ。どうだ？」

「黒子は覚えている」

「どこに黒子があった？」

「眉間《みけん》だ」

「眉間？　間違いないか」

「ああ」

「そうか。わかった。邪魔したな」

藤吉は踵を返した。

「待て。ひとに難癖つけやがって。謝《あやま》りもせずに帰るのか」

藤吉は戸口で立ち止まり、

「殺された男の顔のどこに黒子があったか、段平親分に確かめてみるんだな」

「…………」

「邪魔した」

藤吉は路地に出た。

弥二郎は脅迫者の仲間ではないようだ。何者かに頼まれてあのようなことを言ったのに違いない。

問い詰めても頼まれた相手を言うまい。それに金で頼まれただけかもしれない。ただ、弥二郎のことは十蔵にも話はしておこうと思った。

五

本郷の屋敷を出て、栄次郎は新八の長屋に寄った。

しかし、部屋に新八はいなかった。隣家の住人が今朝早く出かけたと教えてくれた。

浅草黒船町のお秋の家に、新八がやって来たのは昼過ぎだった。

二階の部屋で差し向かいになると、

「今朝、長屋に来てくださったそうですね。申し訳ありませんでした」

と、新八は詫びてから、

「じつは調べたいことがあって」

「調べたいことですか」

「ええ、順を追ってお話しします」

新八は説明をはじめた。

「昨日、あのあと藤吉の相手の男のあとをつけました。あの男は本所石原町にある新炭問屋の『十字屋』の主人で十蔵といいます」

栄次郎は黙って頷き、新八の話を聞いた。

「で、十蔵について少し調べてみました。まず、十蔵が『十字屋』を開いたのが五年前の秋なのです。じつは藤吉の『千扇堂』も五年前の秋から商売をはじめているんです。ふたりとも同じ時期に店を持ったということに引っ掛かりましてね。それで、十蔵のことを調べてみたんです。なかなか前歴がわからなかったのですが、同業者のひとりが十蔵は以前は棒手振りをしていたと言ってました。なんでも本郷のほうに住んでいたそうです」

新八は息継ぎをして続ける。

「で、本郷に行ってみました。十蔵が住んでいた所はなかなかわからなかったのですが、棒手振りの親方のところでやっとわかりました。十蔵は野菜の行商をしていたということです。ところが、五年前に突然棒手振り稼業をやめたそうです」

「…………」

栄次郎は口をはさまず最後まで聞くことにした。

「今朝早く、今度は『千扇堂』の藤吉を調べてみました。そしたら、五年前まで藤吉は浅草阿部川町に住み、小間物の行商をしていたそうです。当時、ふたりが知り合いだったかどうか。住む場所は違うのですが、同じ行商ですから町中で顔を合わせていたことは十分に考えられます」

「行商をしていたふたりが五年前にお互いに店を持った。その後、ふたりの間で行き交うこともない。ところが、今回、人目《ひとめ》を避けて会うようになった。やはり、何かあったようですね」

栄次郎は呟く。

「五年前に何かあったんですね」

新八が首をひねる。

「ふたりに店を開く元手が出来たことが引っ掛かりますね」

栄次郎は犯罪の匂いを感じた。

「それにしても、あの尾行者にふたりはあわてているようです。ふたりにとって何か思いがけないことが起きたのですね」

二十五、六の遊び人ふうの男を思い出した。

「五年前、何か事件がなかったか調べてみたのです」

「何かありましたか」

「いろいろな事件が起きているのですが、すべて片がついているのです。決着のついていない事件はないんです」

「そうですか」

「もう少し、藤吉と十蔵のことを調べてみます」

「お願いします。きっと何かあるはずです」

「わかりました。それより、手首のほうはいかがですか」

新八が心配そうにきいた。

「まだ、少しひねると痛みがあります」

栄次郎は右手を見て言う。

「そうですか。では、また」

新八は立ち上がって部屋を出て行った。


その夜、崎田孫兵衛がやって来た。

世間には腹違いの妹と言っているが、お秋は孫兵衛の妾だ。ここに現れる孫兵衛には筆頭与力の威厳はどこにもない。

栄次郎が居間に行くと、すでに孫兵衛はくつろいでいた。

「崎田さま。お訊ねしたいことがあるのですが」

栄次郎は切り出す。

「なんだ？」

孫兵衛は面倒くさそうにきく。

「五年前、何か不可解な事件はありませんでしたか」

「不可解な事件？」

「はい。押込みや盗みなどで、何か」

「急に言われても五年前のことをとっさに思い出すのは無理だ」

「ごもっともでございます」

栄次郎は素直に応じてから、

「下手人は捕まったけど、何かすっきりしなかったり、まだ解明出来ていないことがあるような事件がないかと思ったのですが」

「ここに来て、そんな仕事のことを思い出したくない」

孫兵衛は突っぱねた。

「すみません」

「おい、酒はまだか」

孫兵衛は叫んだ。

「はい。今、お持ちします」

お秋が答える。

「では、私はこれで」

「なんだ、呑んでいかぬのか」

「お秋さんとの水入らずの邪魔になってはいけませんので」

「そんなことはない。呑んでいけ」

「ありがとうございます。でも、きょうはこれで」

栄次郎は腰を上げた。

「待て。酒を呑めば思い出すかもしれんぞ」

「えっ？」

「五年前のことだ」

「ほんとうですか」

「うむ」

何か思い出したようだ。孫兵衛は出し惜しみをしている。

「さあ、座れ」

「はい」

栄次郎は再び腰を下ろした。

お秋が酒肴《しゆこう》を運んで来た。

孫兵衛は機嫌よく酒を呑みはじめた。栄次郎もお秋の酌《しやく》で酒を呑んだ。

「崎田さま。五年前のことですが」

「うむ」

孫兵衛は酒をいっきに呷《あお》り、

「五年前、一件だけ小骨が引っ掛かった程度だが、気になっている押込みがある」

と、切り出した。

「新黒門町で金貸し長五郎の家に押込みが入った。ひとり住まいの長五郎は殺され、五十両が奪われた」

「……………」

「下手人はやがて捕まった。長五郎から金を借りていた日傭取《ひようと》りの兵助《へいすけ》という男だ」

「なぜ、兵助が浮かんだのですか」

「兵助は長五郎から金を借りていて、厳しい取り立てにあっていたんだ。長五郎は取り立て屋を雇って、兵助に催促していた」

孫兵衛は手酌で酒を注ぎ、喉《のど》の奥に流し込んでから、

「証文を調べたところ、兵助のぶんがなかった。取り立て屋の男は兵助のところに取り立てに行っている。それで兵助を調べた。茅町《かやちょう》の長屋に住む兵助の家の竈《かまど》から血のついた匕首《あいくち》が見つかった。それから、事件の夜、長五郎の家の近くで兵助を見た者がいた。長五郎の手に握られていた着物の切れ端は兵助のものだった。長五郎は刺されたとき、夢中で相手の着物の袂《たもと》を摑んで引きちぎったのだ」

「………」

「ところが、兵助は取調べに口を割らなかった」

「逃《のが》れられぬ証が揃っているように思えますが、兵助はしぶとかったのですか」

「こっちにも弱点がひとつだけあったんだ」

「弱点？」

「盗まれた五十両が見つからなかった。兵助の長屋を家捜《やさが》ししたが、見つからなかった。金が出てくれれば、ぐうの音も出なかったろうが、兵助はそのことを楯《たて》にとって、否認したのだ」

孫兵衛は顔をしかめ、

「それで兵助は拷問にかけられた。が、最期までとうとう口を割らなかった」

「最期まで？　兵助は？」

「拷問で気を失い、その夜、牢内で死んだ」

「死んだ……」

栄次郎は啞然とした。

「下手人は兵助に間違いない。だが、五十両の行く先がわからないことがずっと引っ掛かっているのだ」

「兵助に親しい者は？」

「独り者で、特に親しい者はいなかった。ただ、五条天神《ごじょうてんじん》裏のいかがわしい店に馴染みの女がいたが、その女にも金は渡っていなかった」

「妙ですね。五十両もの金の行先がわからないなんて」

栄次郎は首を傾げてから、

「兵助がほんとうに下手人だったのでしょうか」

と、疑問を呈した。

「探索した定町廻り同心の蓮見常五郎《はすみつねごろう》は自信を持っていた。間違いない」

「そうですか」

「蓮見さまは今も定町廻りでいらっしゃいますか」

「病気で退職した。今は養子が見習いで出仕している」

「そうですか。蓮見さまが手札を与えていた親分さんはわかりますか」

「なんだ、話を聞きに行くつもりか」

「そういうわけではないんですが」

栄次郎は曖昧《あいまい》に答えたが、孫兵衛は鼻で笑って、

「どうせ行くのだろう、そなたはなんにでも首を突っ込むからな」

　と言い、真顔になって、

「天神下の段平だ」

「天神下の段平ですね」

　栄次郎は確かめてから、

「崎田さまはどうなんですか」

「どうとは？」

「兵助がほんとうにやったと思っているのですか」

「なぜ、そんなことをきく？」

「いまだに、その事件を気にしているからです」

「中途半端なまま終わってしまったことが気になっているだけだ。兵助がやったことに間違いはない」

孫兵衛は言い切ったが、栄次郎は藤吉と十蔵のふたりに思いを馳せた。ふたりは五年前にそれぞれ行商をやめ、店を持ったのだ。元手はどうしたのか。


翌朝、栄次郎は明神下の長屋に新八を訪ねた。

朝餉の最中だったので、

「神田明神の境内で待っています」

と言い、栄次郎は長屋を出た。

境内で待っていると、新八が走って来た。

「すみません。急《せ》かしたようで」

栄次郎は詫びた。

「とんでもない。ちょっと寝過ごしてしまいました」

「崎田さまから気になる話を伺いました」

栄次郎は切り出した。

「五年前の春、新黒門町の金貸し長五郎の家に押込みが入り、長五郎は殺され、五十両を奪われたそうです。奉行所はほどなく茅町に住む日傭取りの兵助という男を捕まえました。ところが、兵助は吟味与力の取調べにも罪を認めず、拷問にかけられても口を割らないまま、急死してしまったそうです」

栄次郎は詳しい経緯を話した。

「なるほど、確かに兵助が疑われるのは無理ありませんね。でも、五十両が見つからないというのも……」

新八は途中で顔色を変え、

「もしや、その五十両で藤吉と十蔵は店を……。ふたりとも店を開いたのはその年の秋頃です」

「そう決めつけるのは早急な気がしますが、調べてみる必要がありそうですね」

兵助は冤罪《えんざい》だったかもしれない。そうだとしたら、奉行所はたいへんな失態を犯してしまったことになる。

崎田孫兵衛がこの事件のことをずっと気に病んでいたのは、孫兵衛も冤罪だったのではないかという思いがどこかにあったからではないのか。

「調べてみましょう」

新八は意気込んだ。

「新八さんは金貸し長五郎のことを調べてくれませんか。それと、借金の取り立て屋です。この取り立て屋が何か知っているかもしれません。私は天神下の段平親分から当時のことを聞いてみようと思います」

「栄次郎さん。なんなら、そっちもあっしが調べますぜ」

新八が気を使って言う。

「だいじょうぶです。今、撥が持てないので、暇を持て余していますから」

栄次郎は苦笑して言う。

「来月の市村座に間に合いそうですか」

新八は心配して言う。

「どうも難しいかもしれません。沢ノ市さんは無理したら出られないこともないと言うのですが、それをしたらその後、二度と撥を持てなくなるかもしれないと脅すんですよ」

「あの沢ノ市は少し大仰《おおぎよう》な物言いをしますから」

新八は苦笑し、

「そうそう、栄之進さまの縁組がお決まりになったそうですね」

「ええ。おかげさまで」

「なんでもお相手は大身の旗本の娘さんだとか」

新八は表情を暗くして、

「栄之進さまの朋輩《ほうばい》のお方が教えてくれたのですが、その娘さんを狙っていた旗本の子息も多く、かなり妬《ねた》んでいるそうです」

「そうですか」

栄次郎は眉根を寄せた。旗本の子息からすれば、なぜ身分の違う御家人の嫁になるのかと不服なのかもしれない。

兄に差し障りがなければいいがと、栄次郎は不安になった。まさか、旗本の子息が兄に意趣返しをするとは思えないが……。

「では、私は師匠の家に寄ってから段平親分に会いに行ってみます」

新八と別れ、栄次郎は鳥越神社の近くの師匠の家に向かった。

第二章　冤罪《えんざい》

一

栄次郎はちょうど昼時に、天神下の段平の家を訪れた。おかみさんに呑み屋をやらせていた。

ちょうど、昼餉《ひるげ》のために、段平は家に戻っていた。

栄次郎が店先で待っていると、楊枝をくわえた四十年配の男が出て来た。

「あっしに用ってのはお侍さんですかえ」

うろんな目つきで、段平がきく。

「はい。矢内栄次郎と申します。ちょっと教えていただきたいことがありまして」

栄次郎は切り出す。

「五年前、新黒門町で押込みがあり、金貸し長五郎が殺されるという……」

「矢内さま」

段平がすぐ口をはさんだ。

「なぜ、そんな五年前のことを知りたいんですね」

「ご不審はごもっとも」

栄次郎は少し迷ったが、

「じつは私は南町の与力崎田孫兵衛さまと懇意にしております」

「崎田孫兵衛……」

段平は眉根を寄せた。

「先日、ふと孫兵衛さまがその事件のことを振り返っていらっしゃいました。それで、押込みを調べた親分にちょっとお話を聞いてみたいと思いましてね」

段平は少し考えていたが、

「いいでしょう。ちょっと中に」

と、土間に引き入れた。

店が開くのは夕方からで、栄次郎は床几《しょうぎ》に腰を下ろし、段平は小上がりに腰掛けた。

「で、ききたいことっていいますと？」

「日傭取りの兵助という男が捕まったそうですね」

「ええ。あの男は博打《ばくち》好きでね。長五郎から金を借りて、取り立てにあっていたんです。それで、押込みを思いついたんでしょう」

「兵助が下手人《げしゅにん》だという決めては？」

「凶器の匕首が奴の長屋の台所から見つかったんですが、一番の決めては長五郎が引きちぎった着物の一部を握っていたんです。兵助の住まいから袂が引きちぎられた着物が見つかりました。返り血がついていました」

段平はにやついて言う。

「兵助の仕業《しわざ》だという証《あかし》はまだまだあります。長五郎の家の近くで兵助を見た男がいたこと、兵助が稲荷町《いなりちょう》にある古道具屋で匕首を買い求めたことなど……」

「兵助の仕業に間違いないと？」

「間違いはありませんよ」

「でも、兵助は取調べにも頑《がん》として口を割らなかったそうですね」

「ええ、こっちの弱みにつけ込まれたんですよ」

「弱み？」

「盗まれた五十両が見つからなかったんです。そのことを楯《たて》に、兵助は俺じゃないと騒いだんです」

「五十両はどうなったんですか」

「わからなかった」

「五十両、盗まれたというのはどうしてわかったのですか」

「取り立て屋の男の話と通いの手伝いの婆さんの話です。ふたりとも五十両あったと言ってました。百両箱の蓋《ふた》が開いていたので、金を盗まれたのは間違いない」

「親分は兵助が五十両をどこかに隠したと思っているのですか」

「そうだ。万が一、自分が捕まっても金さえ見つからなければしらを切り通せると思ったのだろう。だが、奴は拷問でくたばっちまいやがった」

「五十両の行方の手掛かりは？」

「残念ながらまったくない」

段平は顔をしかめた。

「これは念のためにお伺いするのですが、兵助以外に下手人がいるということは考えられなかったのですか」

「長五郎は強欲な男で、取り立てにも容赦なかった。だから、長五郎を恨んでいる者は多かった。だが、皆シロだった。

「証文の相手はすべて当たったのですね」

「あたりまえです」

「たとえば、通りすがりの者の仕業ということは？」

「矢内さんと仰《おつしや》いましたね。何か、あっしらの探索に手落ちがあったとでもお思いで？」

「いえ、そうではないのです」

藤吉と十蔵が押込みに関わっているかどうかわからないので、ふたりの名を出すわけにはいかなかった。

「五十両が見つからないことがとても不思議でしてね。たとえば、兵助が隠した場所から何者かが盗んでしまったということは？」

「それも考えたが、そんな形跡はありませんでした」

「兵助は五条天神裏のいかがわしい店に馴染みの女がいたそうですね。その女に預けたということはないのでしょうか」

「もちろん確かめました。女は否定しましたし、預けたという形跡はありませんでした。いかがわしい店に大金を隠せる場所はありませんでした」

「そうですか」

「五年前の件はもやはどうでもよいことです。矢内さんもこんなことに首を突っ込んでも仕方ありませんぜ」

段平は冷笑を浮かべ、

「もういいですかえ。こっちは殺しを抱えて忙しいんでね」

「殺し？」

「へえ、じゃあ」

段平は戻っていった。

栄次郎は引き上げかけたとき、段平の手下らしい若い男とすれ違った。

「もし」

栄次郎は声をかけた。

「なんですかえ」

「段平親分の手のお方とお見受けしましたが？」

「そうですが」

「今、親分は殺しを抱えていると言ってましたが、誰が殺されたのですか」

「なんで、そんなことをきくんですかえ」

手下は不審そうにきいた。

「ひょっとしたら知っている者かもしれないと気になりましてね」

「誰ですか、そいつは?」

「ここひと月前にいなくなっているんです」

栄次郎は口実を口にした。

「じゃあ、違うな。身許《みもと》はわからねえが、そのひとじゃありませんね。『千扇堂』に関係していると親分は見ていたが、『千扇堂』の主人も知らなかったんです」

「どうして、『千扇堂』に関係していると?」

「お侍さん。今、親分と話していたんでしょう。どうして、そのことをきかなかったんですかえ」

手下は顔色を変えた。

「忙しそうだったのできそびれてしまいました」

「おい、なにを話しているんだ」

段平が顔を覗かせて怒鳴った。

「へい、すみません。すぐ、行きます」

あわてて、手下は段平の家に入って行った。

栄次郎は天神下茅町に向かいながら、『千扇堂』に関係しているらしい男が殺されたことが気になった。

なぜ、段平は『千扇堂』に関係していると思ったのだろうか。

不忍池《しのばずのいけ》が見える。茅町の自身番に寄ろうか迷ったが、段平に筒抜けになるといけないと思い、木戸番屋に向かった。

木戸番屋の番太郎は白髪の目立つ男だった。

「ちょっとお訊ねしたいのですが」

栄次郎は切り出す。

「五年前、押込みをした疑いで捕まった兵助というひとが茅町に住んでいたと聞いたのですが……」

「ああ、兵助ですか」

「ご存じですか」

「よく夜遅く帰ってきて町木戸を開けてやっていました。手慰《てなぐさ》みが好きで」

番太郎は苦い顔をした。

「押込みをしたというのはほんとうなのでしょうか」

「金に困っていたからな」

「そうですか。兵助が住んでいた長屋はどこですか」

「どうするんです？」

「大家さんに兵助の話を聞きたいと思いまして」

「なんで今になって？」

「最期まで否認していたと聞いて、ちょっと気になったもので」

「気になったというと？」

「特に深い意味は……」

曖昧に答える。

「まさか、今になって兵助が無実だったかもしれないと言い出すんじゃないでしょうね」

番太郎は怪訝《けげん》そうにきく。

「いえ、そうじゃありません」

「確かに、当時、天神下の親分さんが金の行方がわからないと必死で探し回っていました。でも、兵助の仕業に間違いないと、みな思ってましたよ」

「兵助ならやりかねないと？」

「そうです。毎日のように取り立ての男が長屋にやって来て騒いでいました。だんだん、兵助もかなり参っていったようで、最期のほうは顔付きが変わっていっていましたからね」

「そうですか」

「まあ、大家さんにでも聞いてごらんなさいな」

番太郎は長屋の場所を教えてくれた。

栄次郎は兵助が住んでいた長屋に行き、木戸口の横にある大家の家を訪れた。

大家は四十過ぎの額《ひたい》の広い男で、眠そうな目をした男だった。が、唇が分厚く、頑固そうな感じだ。

兵助の名を口にすると、たちまち表情を曇らせた。

「なぜ、今頃、兵助のことを？」

「自白しないまま死んでいったそうですね？」

大家の質問に答えず、栄次郎はきいた。

「ええ。拷問のあとに死んだそうです。でも、あれじゃ……」

「あれじゃ、なんですか」

「いえ」

大家は首を横に振り、

「ひょっとして、兵助は無実だったのではないかと思っているんですか」

と、きいた。

「無実だったかどうかはともかかく、奉行所は事件の全容を解明出来たのかどうかが気になったのです」

「事件の全容？」

「金の行方もわからなかったそうですね」

「ええ、見つからなかったそうです」

「その他にも何かわかっていないことがあったのではないでしょうか」

「そんなことはないはずですが」

「拷問を受けているとき、兵助はどんな言い訳をしていたのでしょうか。拷問に立ち合った与力どのから聞いていませんか」

「どんな……」

大家は首を傾げた。

「たとえば、他に下手人がいるようなことを言ってませんでしたか」

「それは言っていたようだ。ふたり組の男が長五郎の家から飛び出してきたのを見たと言っていたよなあ」

「ふたり組？」

「そう、そのふたりが押し込んだのだと」

「ふたりの特徴を何か言ってましたか」

「そこまでは聞いていません」

「そうですか。大家さんは兵助の訴えをどう思いましたか」

「見苦しい足掻《あが》きとしか思えなかった」

「どうしてですか」

「押込みのあった夜、兵助は長屋にいなかった。店賃《たなちん》のことで兵助のところに行ったが、留守だった。帰ってきたのは翌日の朝だった」

「もしかしたら、どこかで遊んで来たのかもしれませんね」

「いや。帰ってきたときの様子もおかしかったそうだ。いつも長屋にやって来る納豆売りと木戸口でいっしょになったそうだ。片袖を隠すような不自然な格好を覚えていたようです」

　大家は顔をしかめ、

「確かに、自白しないまま死んでしまったので、しっくりしない。だが、兵助の仕業ということは間違いない」

　と、言い切った。

「兵助が誰かをかばっていたとは考えられなかったのでしょうか」

「あいつはそんなことをするような男ではありません」

「親しいひとは？」

「特に親しい男はいなかったんじゃないかな」

「お侍さん」

　大家は口調を改めた。

「兵助の事件を洗い直しているのですかえ」

「いえ、そんな大仰《おおぎょう》なものではないんです。ただ、金の行方がわからなかったことがひっかかりましてね」

「万が一を考えて、兵助は金をある場所に隠したに違いない。金さえ見つからなければ、いくらでも言い訳が出来る。拷問にも耐えられる自信もあったのだろう」

「拷問に耐えられる？　そんな頑健な体の持ち主なんですか」

「いや」

　大家は苦い顔をし、

「兵助は激しい苦痛が心地よくなっていく性癖の持ち主だったようだ」

「……………」

「拷問に耐えながら、やがて兵助はうっとりするような表情になっていったそうだ」

「まさか」

「だから拷問の加減がわからず、死に至るまでいってしまったのだ」

「そんな性癖があることを大家さんはご存じだったんですか」

「以前、河川の工事で土砂崩れがあって兵助が生き埋めになったことがあった。そのとき、現場に居合わせた者が兵助がうっとりした表情をしていたと言っていた。そのときは、ただ聞き流していたが、拷問の様子を聞いて、なるほどと思った」

うむと、栄次郎は唸った。

そういうことからすると、段平が言っていたように、金の在り処がわからないなら拷問に耐えれば無実に持っていけると考えたとしてもおかしくない。そんな気もした。

だが、藤吉と十蔵のことを知らなければ、そう考えたかもしれないが、ふたりの存在が押込み事件に別の光を当てているのだ。

藤吉は何者かにつけられていた。そして、十蔵とお秋の家でこっそり落ち合った。

そのふたりのあわてた様子から秘密の匂いが感じられた。

ふたりが店をはじめたのは五年前の秋。その半年前の春に押込み事件が起きているのだ。どうしても両者は結びついているとしか思えない。

考えられることは兵助が盗んだ五十両をどこかに隠した。その隠し場所から藤吉と十蔵が金を横取りした。それを元手に、ふたりはそれぞれ店を持った……。

しかし、もうひとつ考えられることがある。長五郎を殺して五十両を盗んだのは藤吉と十蔵で、兵助の仕業に仕立てたということだ。

そうだとしたら兵助は罠《わな》にはめられた犠牲者ということになる。

「大家さん。小間物屋の藤吉、あるいは野菜の行商の十蔵という男を知りませんか。兵助の知り合いかもしれないのですが」

「いや、知らない」

大家は首を横に振った。

「この長屋に野菜の棒手振りなどは入ってきますか」

「うむ、やって来る。だが、十蔵という名ではなかった」

「そうですか。兵助には親しい仲間はいなかったそうですが、身内もいなかったのですか。たとえば、兄か弟は?」

「いなかったはずだ」

「この長屋で、兵助さんと親しくしていたひとはいませんか」

「駕籠かきの男とは隣同士だから比較的仲良くしていたかもしれないな」

「その駕籠かきのひとは今もいますか」

「いや、三年前に引っ越して行った」

「今、どこにいるかわかりませんか」

「深川に移ると言っていたから、深川の駕籠屋にいるのではないか」

「駕籠屋を移ったということですね」

「そうだ」

「名前は？」

「六郎《ろくろう》だ」

「六郎さんですね」

「うむ、毛深く、胸毛もあった。見れば、すぐわかる」

「わかりました」

大家に礼を言い、栄次郎は茅町をあとにし、浅草黒船町のお秋の家に行った。そこに、藤吉と十蔵が来ていた。

二

お秋の家の二階北側にある部屋で、藤吉は十蔵と差し向かいになった。

弥二郎に会ったあと、『千扇堂』に帰ってすぐ奉公人を十蔵のところに使いにやったのだ。

そして、きょうここで落ち合った。

「敵が何か言ってきたか」

十蔵が待ちかねたようにきいた。

「いや、まだだ」

「まだか」

十蔵が恐ろしい顔で考え込んだ。

「どうした？」

「俺のことがわからないから、敵はまだ思い切って動けないのだ。敵を誘《おび》き出すためにも、俺が姿を晒《さら》したほうがいいかもしれねえな」

「ばかな。そんなことをしたら危険だ」

藤吉は異を唱えた。

「危険は承知だ。益三の身許はまだ割れないが、いずれ『十字屋』で働いていたとわかってしまうだろう。その前にこっちから打って出てやろうではないか。こっちも腹を括って敵と対峙《たいじ》しなければならない。仇《かたき》をとってやらなきゃ、益三に顔向け出来ねえ。このままじゃ骨も拾ってやれねえ」

十蔵は悲壮な覚悟で言う。

「待て、逸《はや》るな。じつは『千扇堂』から出て来た益三を見たと岡っ引きに告げた男に会ってきた」

藤吉は口を開いた。

「どうしてその男がわかったんだ」

「段平親分にきいた」

「…………」

「車坂町に住む弥二郎という二十半ばの色の浅黒い男だ。どうも怪しい。益三の顔もはっきり覚えていなかった。誰かに頼まれてあんなことを言いだしたとしか思えない」

「弥二郎か」

十蔵は目を細め、

「よし、弥二郎に狙いを定めるか」

「問題は誰がやるかだ。俺は顔を晒してしまった。十蔵が動くのはまずい」

藤吉が口をはさむ。

「他の者にやらせる」

その者に心当たりがあるのか、十蔵は厳しい顔で言う。

「誰か使える男はいるのか。へたをしたら、益三の二の舞になる。益三は口を割らなかった。益三のように骨のある男か」

「もし、そいつが失敗して俺のことがわかってもいい。そのときはそのときだ。俺のことを知れば、相手も確証を持って俺たちを脅しにかかってくるはずだ。そのとき、俺たちも敵を知ることが出来る」

「そうなる前に敵の正体を探るのだ。十蔵のことを知られないで済むなら知られないほうがいい」

「わかった」

藤吉は血気に逸る十蔵を落ち着かせる。

「で、誰だ？」

「三次《さんじ》という男だ。喧嘩が滅法強い。亀戸《かめいど》天神周辺の盛り場をうろついている地回りだ。歳は二十七、八だが頼りになりそうだ」

「三次と親しいのか」

「いや、何度か見かけただけだ。だが、噂は聞いている」

「引き受けてくれるのか」

「金で動く。奴に頼もう。明日にでも、客の振りをしておまえを訪ねさせる」

「よし、わかった」

藤吉は頷いた。

「では、行くか」

十蔵が立ち上がり、藤吉も腰を上げた。

ふたりで階下に行き、お秋に席料を払い、土間に下りた。ちょうど土間に按摩《あんま》の沢ノ市が入って来た。藤吉は声をかけずにすれ違った。

沢ノ市が小首を傾げた。藤吉の匂いを感じ取ったのか。

「沢ノ市さん、いらっしゃい。栄次郎さんが二階でお待ちですよ」

お秋が声をかけた。

「へい、お邪魔します」

杖《つえ》を置いて、沢ノ市は階段を上がって行った。

藤吉は戸口を出た。涼しい川風が顔に当たる。外に出て、藤吉は十蔵と別れた。十蔵は吾妻橋《あづまばし》に向かう。

藤吉は十蔵のあとを目で追う。あとをつけていく者はいない。藤吉は安心して蔵前通りに出て、帰途についた。


その日の夜、藤吉のところに沢ノ市がやって来た。

「旦那、お久しぶりでございます」

沢ノ市が廊下で声をかけた。

「すまないね、こんな夜に」

「いえ、とんでもない。あっしには昼も夜もありません」

そう言いながら、馴れた足取りで藤吉が横になっているふとんまでやって来た。

「きょうは揉んでもらいたい」

「畏《かしこ》まりました」

藤吉はうつぶせになって体を揉んでもらった。

ときたま沢ノ市を呼んで鍼を打ってもらったりしていたが、ここしばらく呼ばなかった。昼間、お秋の家で見かけて思い出したのだ。

「脚がずいぶん張っておられます。さぞ、近頃は歩きまわられているのでしょうね」

脚を揉みながら、沢ノ市が言う。

「いつもより歩きまわっているということもないんだが」

「そうでございますか」

沢ノ市は心地よく揉みほぐしていく。

「旦那。お伺いしてもよろしいでしょうか」

「なんだね」

「ひょっとして、浅草黒船町のお秋さんの家にいらっしゃいませんでしたか」

「やはり、気がついていたのか」

「やはり、そうでございましたか。そんな感じがしました」

「匂いか」

「それだけではありませんが」

「そうか。たいした勘だ」

藤吉は感心する。

「恐れ入ります」

「矢内栄次郎さまの治療か」

「はい、さようで」

「若いお侍さんでも肩が凝るのか」

「いえ、矢内さまは手首の腱《けん》の使いすぎです。矢内さまは三味線弾きでいらっしゃいますから」

「三味線弾き？」

「ときたま、市村座の舞台で弾いたりなさっています。今、撥が持てないので稽古も出来ずに焦っていらっしゃると思います」

「そうか……」

一度顔を合わせたが、凜々《りり》しい顔立ちの武士でありながら、妙に色気がある男だと思った。なるほど、三味線弾きなのかと納得した。

「三味線弾きが三味線を持てないなんて悔しいだろうな」

藤吉は呟く。

「旦那」

沢ノ市が背中を揉みながら口を開いた。

「なんだね」

「気に障《さわ》ったらご勘弁ください。旦那、今何か屈託《くったく》をお抱えではありませんか」

「なぜ、わかる？」

「指先の感触がいつもの旦那と違い、食い込むようなのです。胃の腑などに何か負担がかかっているように感じられました。それと、自分では気づかぬうちに力んでいるので、いつもと違うところに凝《こ》りが出来ているんです」

「そうか。おそろしいものだ」

藤吉は感心する。

「恐れ入ります」

沢ノ市は応じてから、

「どうぞ、気の重いことをお忘れになって……」

「そうしよう」

五年前のことを頭から追い払い、心穏やかに努《つと》めた。

するとやがて、藤吉はとろんとしてきた。

「はい。お疲れさまでございました」

藤吉ははっと目を覚ました。

沢ノ市がふとんから少し離れていた。

「いい気持ちになっていた」

藤吉は起き上がって言う。

お房が揉み代を払い、沢ノ市を戸口まで送りに行った。

藤吉はふとんの上に半身を起こした。なぜか、頭に栄次郎のことが浮かんでいた。


翌朝、帳場で台帳を調べていると、戸口に縦縞の着流しの男が入って来た。細面で精悍な感じの男だ。

藤吉はとっさに三次だと思った。

男は帳場格子に近付いて来た。藤吉は立ち上がって上がり框《かまち》まで出て行く。

「三次っていいますが、旦那ですかえ」

男のほうから口を開いた。

「さようです。お待ちしていました。どうぞ」

藤吉は三次を店座敷の隣りの小部屋に招じた。

「十蔵からはなんと聞いていますか」

差し向かいになってから、藤吉は切り出した。

「あらぬ因縁を吹っ掛けて、『千扇堂』を強請《ゆす》ろうとしている男がいる。そいつらの正体を突き止めたい。手を貸してもらいたいと」

　三次は厳しい顔付きのまま言う。二十七、八歳だが、ずいぶん落ち着いた雰囲気だ。

「そうなんです。じつは、相手の正体を探ろうとした益三というひとが殺されたのです」

　その経緯を話し、

「段平親分に、益三と私につながりがあるように訴えた男がおります。車坂町に住む弥二郎という男です。この男が強請りの仲間ではないかと」

「その弥二郎を調べてみるのですね」

「そうです。お願い出来ますか」

「よございます。さっそく弥二郎に近付いてみます」

　三次は余計なことをきかなかった。

「失礼ですが、謝礼のほうはどうなっているのでしょうか」

「前金の五両を十字屋さんからいただきました。うまくいったら残りの五両を千扇堂さんからいただくということで」

「わかりました」

「どんなことがあっても、依頼者の名は明かしませんから安心してください」

三次はそう言い、

「では、さっそく。夕方、取り敢えず報告に来ます」

と、立ち上がって部屋を出て行った。

十蔵の言うように、なかなか骨のある男のようで、期待出来そうだ。

それから、四半刻（三十分）後、奥の部屋にいると、手代がやって来た。

「旦那さま。じつはこれを頼まれました」

手代が結んである文を差し出した。

藤吉ははっとして、

「ごくろう」

と、急いで文を受け取った。

手代が去って、すぐ結び目を解いた。

――金貸し長五郎から盗んだ五十両を返してもらいに、明日の昼前に使いの者が金を受け取りに行く。

やはり、金を強請ってきたか。十蔵のことがわからないまま、金を奪おうとしてきた。あるいは、この文で、また藤吉があわてて十蔵に会いに行くだろうことを見越しているのか。

敵が動いてくれれば手の打ちようがある。藤吉は含み笑いをした。

昼過ぎになって、藤吉は店を出た。

筋違御門《すじかいごもん》を抜け、須田町《すだちょう》に入る。その路地を入ると、『彫辰《ほりたつ》』という錺職《かざり》の辰蔵《たつぞう》親方の家がある。

藤吉は戸を開け、土間に入った。板敷きの間の真ん中に辰蔵が小机に向かって鑿《のみ》を使っていて、左右に弟子の職人が四人いて、それぞれ小机に向かっていた。

「これは旦那」

辰蔵が顔を上げた。

「どうですか」

「へえ、期日までには注文の品、すべて仕上がります」

辰蔵は自信に満ちて言う。

蜻蛉《とんぼ》模様の透かし彫りの平　簪《ひらかんざし》の評判がよく、その模様の簪を大量に注文していた。その仕上がり具合を確かめに来たのだ。

「それから、親方。また、次の模様も考えているのでよろしくお願いします」

「わかりました」

親方のかみさんが茶を入れてもってきた。

「旦那、どうぞ」

「これはすみませんね」

藤吉は上がり框に腰を下ろした。

茶を飲みながら職人を見まわす。みな、顔なじみだが、ふと壁際にいる若い職人に目がいった。半年ぐらい前から、ここで働いている定吉《さだきち》という職人だ。芝のほうの親方のところから辰蔵のところに移ってきたと聞いたが、詳しい話は聞いていない。

ときおり、定吉が上目づかいでこっちを見ているのに気づいた。職人にしては目つきの鋭い男だ。

こんなときだから、藤吉は気になった。

強請りの相手は案外と藤吉の近くにいるのではないか。藤吉が知っている者だという思いもあったので、定吉が気になった。

そもそも、なぜ強請りの相手は今になって藤吉を気にしだしたのか。近頃、藤吉を知ったのではないか。

定吉はほんとうに芝のほうから来たのだろうか。

茶を飲み干し、藤吉は立ち上がった。

「おかみさん、ご馳走になりました」

藤吉は礼を言い、辰蔵にも挨拶をして土間を出た。

少し歩きだしたとき、

「旦那」

と、辰蔵のかみさんが追い掛けて来た。

「忘れ物ですよ」

と、煙草《たばこ》入れを差し出した。

「いや、それは私のではありません」

「えっ、旦那のではないんですか」

「ええ。私のはここに」

「あら」

かみさんは、あっと声を上げた。

「さっきのお客さんだわ」

「わかりましたか。よかった」

「ええ。旦那の前に、注文に来た客がいましてね。そういえば、そのひと、煙草を吸っていました。旦那、失礼しました」

「いえ。あっ、そうそう」

藤吉は思いついて、

「定吉さんは芝《しば》からやって来たそうですね」

と、確かめる。

「ええ、そうです」

「どういうわけで、親方のところに？」

「親方と仕事に対する考え方が合わなかったそうです」

「芝のなんという親方なんですか」

「そこまで聞いていません」

「腕はどうなんですか」

「まあ、そこそこじゃないでしょうか」

「そうですか」

「旦那、何か」

「いえ、以前、どこかで見かけたことがあると思っていたんですが、芝にいたということでしたら、人違いでしょう」

藤吉は適当な言い訳を言い、

「では、また」

と、会釈をして引き上げた。


夕方、三次がやって来た。さっきと同じ部屋に招じ、

「何かわかりましたか」

と、藤吉はきいた。

「弥二郎は浅草の香具師《やし》の元締のところに出入りをして、奥山《おくやま》で薬研《やげん》などを売っているようです。今のところ、特に怪しいところはありませんでした。また、明日も引き続き、調べてみます」

「三次さん」

藤吉は口をはさんだ。

「じつは、こんなものが届きました」

と、文を見せた。

「金貸し長五郎から盗んだ五十両を返してもらいに、明日の昼前に使いの者が金を受

け取りに行く、ですか」

三次は口に出して読んだ。

「こういう難癖をつけてくるのです。もちろん、金を渡すつもりはありません。三次さん、この使いの男のあとをつけて、背後にいる者を探っていただけませんか」

「いいでしょう。では、明日は四つ（午前十時）までにここに来てみます」

「お願いします」

三次が引き上げたあと、藤吉は文に目を落とした。なぜ、いきなり五十両の要求をしてきたのか。

それとも、金が狙いではなく、また誰かがあとをつけてくることを予期してのことか。三次には十分に気をつけさせないといけないと思った。

三

その頃、栄次郎はお秋の家で、新八と差し向かいになっていた。さっき、お秋が行灯《あんどん》に明かりを入れて去ったばかりだ。

「金貸し長五郎は四十半ばだったようですが、数年前に若いかみさんが男を作って逃げ出して、それからずっとひとり暮らしだったようです。通いの婆さんが朝から晩までいて、飯の支度をしていたそうです」

　新八は続ける。

「通いの婆さんの話によると、兵助は押込みのあった昼間もやって来て、借金の返済を待ってくれと頼んでいたそうです。でも、長五郎は許さず、期限までに返さなければ首を括《くく》れ。それがいやなら、盗みを働いてでも返せと迫っていたようです。その夜の押込みなんで、婆さんは兵助の仕業に間違いないと」

「なるほど」

「それより、面白いことがわかりました」

　新八が身を乗り出し、

「通いの婆さんにきいたら、小間物屋の藤吉のことは知らないようでしたが、野菜売りの十蔵を覚えていました。大柄でがっしりしていて、大きい顔で目は細く、鼻は横に広い。その特徴も一致していましたから、あの十蔵に間違いないと思います」

「十蔵は長五郎から金を借りていたわけではないのですね」

「そうです。行商でやって来て、長五郎の様子を窺っていたのかもしれません」

「長五郎は独り身だそうですが、妾などはいなかったのですか」

「いませんでした。ただ、妾にしようと狙っていた女がいたそうです」

新八は息継ぎをし、

「借金の取り立てをしていた金助《きんすけ》に会ってきました。今は、田原町《たわらまち》の仕事師の親方のところに居候《いそうろう》しています。金助は相棒の茂太《しげた》と浅草阿部川町《あべかわちょう》の裏長屋に住む娘のところに取り立てに行っていたそうです。返せないと、長五郎はさらに金を貸した。娘を借金づけにして逃れられなくして妾にしようと目論《もくろ》んでいたそうです。金助もあくどい男だったと言っていました」

「その後、娘は？」

「わかりません。長五郎が殺されたあと、証文があったので岡っ引きが事情をききに来たりしていたそうですが、兵助が捕まったあと、長屋からも引っ越していったということです。どこに行ったかは、まだわかりません。必要ならば、探してみますが」

「そうですね。探していただけますか」

「わかりました」

新八は応じた。

「私のほうは兵助の隣りの部屋に住んでいた駕籠かきの六郎に会ってきました。六郎は今、深川の門前仲町《もんぜんなかちょう》にある駕籠屋で駕籠かきをしていました」

栄次郎はきょうの昼間、六郎を探し、ようやく会えた経緯を話し、

「六郎が言うには、兵助は借金の取り立てでかなり追い詰められていたようです」

六郎は押込みは兵助の仕業に間違いないと思っていると答えたが、盗んだ金のことには首を傾げた。

「あっしは預かっていませんぜ。当時も、段平親分にしつこくきかれて往生しましたよ」

そう、六郎は答えたのだ。

「六郎以外に、兵助が金を預けるほど信頼している男か女がいないかをききましたが、いないはずだと言ってました」

「もし、兵助が金を隠したとしても、誰かに預けたのではなく、どこかに隠したということでしょうか」

「ええ。その金を、たまたま藤吉と十蔵が見つけたと考えることも出来るのですが……」

栄次郎は首を捻り、

「ただ、何やらやましいことがあるような様子なので、ふたりは兵助が金を仕舞うところを見ていて、あとから盗んだのかもしれませんね。そのことが、今になって蒸し

返されてきたのでは……。まあ、これは兵助が押込みをしたという前提に立ってのことですが」

「あるいは、兵助は罠にはめられただけで、実際の下手人は藤吉と十蔵……」

「ええ」

その場合の影響は大きい。下手人を取り違えて無実の者を拷問にかけて殺してしまったことになるのだ。

「ちょっと気になることが」

栄次郎は思いついて、殺しのことを口にした。

「段平親分の縄張り内で、殺しがあったそうです。身許がわからず、段平親分は『千扇堂』に関わりがあると思ったそうです。何かひっかかるのです。調べていただけませんか」

「わかりました」

新八は答えたあと、

「藤吉さんに揺さぶりをかけてみたらどうでしょうか。そのときの態度でなにが起きているかわかるんじゃないかと」

「そうですね。場合によっては、十蔵との関わりを知っていることを匂わせてもいいかもしれませんね」

「じゃあ、ちょっと揺さぶってみます。では、また明日に」

新八は立ち上がった。

「待ってください。私も出ます。途中までいっしょしましょう」

栄次郎は新八とともに階段を下りた。

「あら、栄次郎さん。もうお帰りですか。今夜は旦那は来ないんですよ、ゆっくりしていけば……」

「すみません。今夜、御前に会うことになっているのです」

御前こと岩井文兵衛に会いたいと思っていたところ、文兵衛から急の誘いが来たのだ。

「そう、それなら仕方ないわね」

お秋は落胆して言う。

新八とふたりで蔵前通りに出て浅草御門に向かう。

「もう暗くなりました。めっきり日が短くなりましたね」

新八がしんみり言う。

「どうしました？」

栄次郎がきく。

「えっ、何がですかえ」

「なんだか珍しく感傷的になっているようなので」

「そんなことはありません」

新八はあわてて言う。

「ただ、秋の夜は寂しいですね」

「新八さんはそろそろおかみさんをもらったほうがいいんじゃないですか。いつぞやの女のひとは……」

以前に、新八は夫婦の約束を交わした女子《おなご》がいたのだが、その後、どうなったのか栄次郎もわからなかった。

「あっしの今の仕事では所帯を持つことは無理です」

「そうでしょうか」

「ええ、今はよくとも五年先、十年先を考えたら自分がどうなっているか想像もつきませんから」

御徒目付の密偵のような仕事をいつまでも続けられないことは間違いない。だが、今から、今後のことを考えていけば問題はないはずだ。

「兄だって、そのことは考えているはずです。何か商売出来るように兄は手助けするはずです。もちろん、私だって尽力は惜しみません」

新八はいきなり立ち止まって、

「栄次郎さん、ありがとうございます」

と、頭を下げた。

「新八さん、好きなお方がいるならいつでも引き合わせてくださいな」

「へえ」

新八は照れたように頷いた。

鳥越橋を渡ってから、

「じゃあ、あっしはここで」

と、新八は立ち止まって頭を下げた。

「また、明日」

栄次郎は新八と別れ、そのまま浅草御門のほうに向かった。

それから四半刻（三十分）後、栄次郎は薬研堀の料理屋『久《ひさ》もと』の座敷に上がった。

すでに文兵衛は来ていて、女将《おかみ》を相手に酒を呑んでいた。

「御前、お久しぶりでございます」

栄次郎は挨拶をする。

「ほんにご無沙汰であった」

「お招きいただきありがとうございます。じつは私も御前にお会いしたいと思っていた矢先でした」

「そうか」

「さあ、おひとつ」

若い女中が酒を注ぐ。

「すみません」

栄次郎は酒を喉《のど》に流し込んだ。

「あとで栄次郎どのの糸で端唄《はうた》を唄おう。久しぶりだから、たっぷりと……」

「御前」

栄次郎は口をはさんだ。

「じつは、手首を傷めまして、今しばらく撥が持てないのです。申し訳ありません」

「なに、撥が持てない？」

「はい。腱を傷めたようで」

「そうか。それは残念だ」

　文兵衛は心底落胆したようだった。

「回復していっているのか」

「はい。だいぶよくなっています。ただ、無理をしてさらに悪くなってはいけないので、今は自制しています」

「やむを得ないな。栄次郎どのの手首が治るまで唄はお預けだ」

「どなたかに三味線《しゃみせん》を弾いてもらってください。久しぶりに御前の唄をお聞きしたいので」

「うむ」

　文兵衛は迷ったような顔をした。

　それから少し酒を酌み交わしたあと、

「女将。すまぬが座を外してもらえぬか」

　と、文兵衛が声をかけた。

「畏まりました。では、またあとで」

　女将は若い女中とともに部屋を出て行った。

「栄次郎どの。何か話があるようだが、栄之進どののことだな」

文兵衛が切り出した。

「はい。兄はこのたびの縁組、非常に喜んでおられます。私も心より祝福しております。ただ、ちょっと気にかかるのが……」

「身分か」

「はい。書院番の旗本大城清十郎さまの娘の美津さまとでは、御家人の兄の身分では不釣り合いでございます。もちろん、美津さまは実家の威光を楯に兄を見下すようなお方ではないと重々承知しております。なれど、大城さまはいかがでしょうか。自分よりはるかに格下の家に娘を嫁《とつ》がせることになにやら忸怩《じくじ》たる思いがおありなのではと……」

「大城どのに見下すような気持ちがないからこそ美津どのを栄之進どのに嫁がせることになったのだ。栄次郎どのの取り越し苦労でござる」

「御前」

栄次郎は少し膝を進め、

「大城さまは私の素姓をご存じなのでしょうか」

と、きいた。

「…………」

「いかがですか」

栄次郎は迫るようにきく。

「知っている」

「御前がお話しに？」

「いや、大城どのが自ら調べたのだろう。わしに、そのことを確かめにきた。矢内栄次郎は大御所さまの子であるかと訊ねられたので、わしはそうだと答えた」

「私のことは知られているのですか」

栄次郎は胸がざわついた。

「そうだ。じつは、大御所さまが常に周囲に栄次郎どののことを気にかけているらしい。だから、老中周辺や大奥のお女中衆からもその話はもれ伝わっているのだ」

「そうでしたか」

もう出生の秘密などは忘れ去られて誰も関心を示さないと思っていたので、今回こういう形で明らかになったことに複雑な思いがした。

「ほんとうは大御所さまは栄次郎どのに会いたいのだ。今、大御所さまは病床に臥しておられるので、よけいに栄次郎どのへの思いが募っているのであろう」

「………」

大御所さま、迷惑にございますと、訴えたかった。自分は矢内家の次男として、静かに生きていきたいのだ。

「大城さまが矢内家に娘を嫁に出す決断をした理由のひとつには、私の存在があったからなのでしょうか」

「………」

文兵衛は深くため息をついた。

「御前。いかがですか」

「そのことがあったことは否めない。だが、大城どのは決してそれだけで決断を下したわけではあるまい」

「もし私が……」

栄次郎が言いさした。

「なんでござるか」

文兵衛が促した。

「なんでも懸念していることは口にしたほうがよい」

「はい」

栄次郎は頷いてから顔をまっすぐ文兵衛に向け、

「もし私が武士を捨て、三味線弾きとなった場合、大城さまは矢内家に対してどう出ましょうか。兄に対して冷たくなるようなことはないでしょうか」

「そのようなことはありえない」

文兵衛の声に力がなかった。

「栄次郎どの」

文兵衛が口調を改めた。

「逆にお訊ねする。もし、大城どのが栄次郎どのが危惧したとおりの考えだったとしたら、どうなさいますか」

「…………」

「栄之進どのに美津どのとの縁組をやめるように進言しますか」

「兄は美津どのとの縁組を願っています。今さら、この縁談が破談になることは望んでいません」

「では、このまま縁組が整ったあと、あなたはどうなさいますか。大城どのの態度が一変してしまうかもしれないと思いながら、武士を捨てて三味線弾きになりますか。場合によっては大城どのは娘を離縁させるかもしれません。栄之進どのが不幸になることがわかっていながら、栄次郎どのは三味線弾きの道を歩まれるおつもりですか」

「そんな」

栄次郎は返答に窮した。

兄を不幸にしたくない。兄は美津どのに惚れている。その仲を引き裂くような真似は出来ない。

だが、自分の夢は三味線弾きとして生きていくことだ。

「栄次郎どの。よけいなことを考えないほうがよい。大城どのは栄次郎どのの素姓にそれほど重きを置いていないかもしれない。今からあれこれ考えずともよいのでは」

「はい」

栄次郎はそうかもしれないと思った。

「そろそろ、女子どもを呼ぶとしよう」

文兵衛が口にしたが、

「御前。申し訳ございません。今宵は私はこれで失礼させていただきます」

「そうか」

文兵衛はため息混じりに、

「また、後日、改めて会おう」

「はい。失礼します」

栄次郎は逃げるように部屋を出て行った。

外は夜風がひんやりしていた。虫の鳴き声がどこまでも追ってきた。兄の縁組が栄次郎の将来を左右する事態になろうとは、想像さえしていなかった。

栄次郎は何度もため息をつきながら本郷へと足を向けた。

四

翌朝、『千扇屋』の藤吉を訪ねて四つ（午前十時）前に、三次がやって来た。

「三次さん。どうぞ、こちらに」

藤吉は店座敷の横の小部屋に三次を招じた。

「昼前に使いの者が来るはずです。どうかあとをつけて、敵の正体を暴いてください」

「任してくださいな」

三次は自信たっぷりに言う。

それから半刻（一時間）あまり後、戸口に遊び人ふうの男が入って来た。目が細く、顎が鋭く尖っている。例の二十五、六の男だ。

帳場格子の前にいた藤吉は相手を鋭く見つめる。三次は奥との境に掛かっている長暖簾の隙間から店を見ていた。

遊び人ふうの男が藤吉に近付いて来た。

「旦那ですね」

男が含み笑いをした。

「そうだ」

「金を受け取りに来ました」

「金はない。その代わり、この文をおまえさんの主人に渡してもらいたい」

そう言い、藤吉は用意した文を男に渡した。直《じか》に会いたいから、日時と場所を指定してくれと記した。

男は厳しい顔になって、

「金は？」

と、きく。

「金の代わりが文だ。その文を必ず渡してください、いいですね」

男は顔を歪め、引き上げた。

三次がすぐに出て来た。

「頼みました」

藤吉は三次の背中に声をかけた。

あとは三次に任せるしかなかった。


夕方近くなった。三次はまだ戻ってこない。

店に顔を出して、客に挨拶をしてから奥に向かおうとしたとき、三十ぐらいの細身のきりりとした着流しの男が入って来た。

帳場格子までやって来て、

「すみません。旦那にお会いしたいのですが」

と、声をかけた。

藤吉は男の前に出て、

「何か私に」

と、きいた。

「これは旦那ですか。じつは旦那が顔を検《あらた》めに呼び出された殺しについてちょっとお訊ねしたいのですが」

「おまえさんは何者なんですね」

藤吉は警戒した。

「へえ、じつは段平親分とは別の岡っ引きの手のものでして」

「別の？」

「本所のほうですよ」

「……………」

「旦那はどこまで死体を見に行ったんですね」

「入谷の定雲寺の裏手です」

「入谷ですか。で、どうして、旦那が死体の身許を知っていると思ったんでしょうか」

「車坂町に住む弥二郎という男が、殺された男がこの店から出て来るのを見たと、段平親分に告げたんです。でも、嘘ですよ」

「嘘？　どうして嘘だとわかるんですね」

「まあ、わかります」

「でも、なぜ、そんな嘘をついたんでしょうね」

「さあ」

「ところで、旦那は茅町に住んでいた兵助という男をご存じじゃありませんかえ」

「知らない」

藤吉はおやっと思った。

「では新黒門町に家があった金貸し長五郎という男をご存じですかえ」

「……………」

藤吉は息が詰まりそうになった。

この男はさっきの男の仲間か。いや、この男こそ、文の差出人ではないか。

「ここでは話が出来ません。どうぞ、こちらに」

番頭が不安そうな顔をしていたが、目顔で頷き、藤吉は男を小部屋に招じた。

差し向かいになって、

「あんた、何者なんだ？」

と、藤吉はいきなりきいた。

「あんたが文を出した張本人か」

「そうだとしたら？」

男は声をひそめた。

「あんたら誤解している。私は関係ない」

藤吉はむきになって言う。

「何に関係ないんですかえ」

「どこに金貸し長五郎の金を盗《と》ったという証があるのだ。あるなら見せてもらいたい」

この連中がなにをどこまで知っているかを聞き出すために、藤吉はあえて強気に出た。

「五年前の春、新黒門町で金貸し長五郎が殺され、五十両が盗まれた」

「私には関係ない」

「その年の秋に、この『千扇堂』が開店したんですね」

「それがどうした？」

「元手は？」

「私が行商で貯めた金だ」

「そんなに稼げるものなのですか」

「懸命に働いたからね」

藤吉は用心しながら答える。

「本所石原町にある薪炭問屋の『十字屋』をご存じですかえ」

「………」

藤吉は息が詰まりそうになった。

「主人は十蔵といいます。旦那と同い年ぐらいだと思います」

男は続ける。

「この『十字屋』も五年前の秋に店を開いているんですよ」

「………」

藤吉は唖然とし、声が出せなかった。

「旦那。金貸し長五郎の家の押込みで、兵助という男が捕まって牢内で死んでいます。盗まれた金の在り処がわからないままだったそうじゃないですか」

男は鋭い目を向け、

「このままなら、兵助は無実の罪をかぶって死んでいったのではないかという疑いも生まれかねませんぜ。そしたら、疑いは旦那と十蔵に向かう……」

「十蔵なんて知らない」

藤吉は悲鳴のように叫ぶ。

「旦那は浅草黒船町のお秋というひとの家で十蔵に会っていますぜ」

「なに」

そこまで知っているのかと、藤吉は瞬間目が眩《くら》んだ。

「長五郎の家で働いていた通いの婆さんは、棒手振りの十蔵から野菜を買っていたようですね。十蔵は長五郎のことをよく知っていたようです」

藤吉は膝ががたがた揺れてきた。そこまで調べられていたのかと、愕然とする思いだった。

「いくら欲しいんだ」

藤吉は口にした。

「藤吉さん」

男は名前を呼んだ。

「あっしは文の差出人ではありませんぜ」

「どういうことですか」

「もし、よかったら相談にのりますぜ」

「相談に」

「もし、その気になったらお秋さんの家にいる矢内栄次郎さまをお訪ねなさい。あっしは新八といいます」

「矢内栄次郎さまとは、お秋さんの家でお目にかかったお侍さんですね」

そのとき、番頭が呼びに来た。

「旦那さま。三次さんが……」

「わかった」

藤吉は目の前の男に、

「ちょっと待っててくれ」

と言い、部屋を出て行った。

店の土間に行くと、三次が厳しい顔で待っていた。

「外へ」

藤吉は三次を外に連れ出した。

神田川のそばで立ち止まり、

「相手がわかりましたか」

と、藤吉はきいた。

「旦那。そのことですが、あっしは手を引かせてもらいます」

「今、なんと?」

藤吉は耳を疑った。

「この件から下ろさせてもらいます」

「なにがあったんだ？」

藤吉は驚いてきき返す。

「いえ、なんにも……」

「何もなくて、そんなこと言うはずない。さっきの男をどこまでつけたのだ？」

「つけてくるのをお見通しだったんですよ」

「じゃあ、敵が待ち伏せていたというわけか」

「そうです。最初から勝ち目はなかった」

「相手はどんな奴だ？」

「頭巾《ずきん》をかぶっていたので顔は見えませんが、侍です。刀を突き付けられて、誰に頼まれたのかと問い詰められたので『千扇堂』の旦那だと答えた」

「『十字屋』の名は？」

「………」

「答えたのか」

「言わなきゃ、首が飛んでましたからね」

藤吉は呆れ返った。

「じゃあ、これであっしはお役御免ってことで」

「待ちなさい。あまりにも無責任じゃないか」

「仕方ねえでしょう」

三次は不貞腐《ふてくさ》れた。

「依頼に応えられなかったんだ。前金を十蔵に返してもらおう」

藤吉は不快そうに言う。

「ですが、あっしだって危ない目にあったんですからね。じゃあ」

そう言うや、三次は急いで去って行った。

藤吉は憤然として見送った。

藤吉は急いで店に帰った。

「さっきの男、引き上げました」

番頭が教えた。

「引き上げた？」

あの男の狙いはなんなのだ。藤吉は頭の整理がつかないまま、

「駕籠を呼んでおくれ」

と、手代に言いつけた。

両国橋《りょうごくばし》を渡り、駕籠は大川沿いを石原町に向かった。

敵に十蔵のことは知られた。これから本格的に強請りがはじまるだろう。それにしても、新八という男はなぜ、こっちのことを深く知っていたのだ。

駕籠は『十字屋』に着いた。辺りは薄暗くなってきた。店に入り、番頭らしい男に、

「十蔵はいるか」

と、藤吉は声をかける。

「へえ、奥に。今、呼んで参ります」

「いや、案内してくれ。急用だ」

「はい、どうぞ」

勢いに気圧《けお》されたように、番頭は藤吉を部屋に上げた。

十蔵は内庭の見える部屋で茫然としていた。

「十蔵」

藤吉が呼びかけると、はっとしたように十蔵は顔を向けた。

「藤吉か」

十蔵は暗い顔を向けた。

「三次は来たか」

「ちょっと前に引き上げた。あの野郎……」

十蔵は苦痛に顔を歪めた。

「奴は裏切りやがった」

藤吉は十蔵の前に腰をおろし、

「敵に十蔵のこともわかってしまった。これから強請りが本格的になる」

と、やりきれないように言う。

「相手に侍がいるようだ。益三も殺され、三次もすごすごと引き上げてきた。いってえ、どんな連中なんだ」

十蔵が怒ったように言う。

「十蔵。俺たちの手に負える相手ではないようだ。おそらく、奴らは金を払わなければ、俺たちが押込みの下手人だと奉行所に訴えると脅してくるに違いない」

「兵助という男の仕業として、もうけりがついているのだ。奉行所がいったん落着した事件を蒸し返すとは思えぬ」

「いや、あれは落着していない、拷問の末に死んでしまったのだ。厳密に言えば、裁きが下ったわけではない」

「……」

「それとも金を払うか」

「一度金を払えば、骨までしゃぶられる」

「そうだ。金を払うのは愚《ぐ》の骨頂《こっちょう》だ。そこで、十蔵。相談がある」

「なんだ？」

十蔵は縋《すが》るような目を向けた。

「浅草黒船町のお秋という女の家に矢内栄次郎という侍がいる。このひとに相談してみようと思う」

「なんだと」

藤吉は新八のことを話した。

「新八は矢内栄次郎の手の者らしい。押込みのこともよく知っていた。矢内栄次郎や新八の狙いはわからないが、矢内栄次郎に相談してみてもいいのではないか」

「新たな脅迫者かもしれぬではないか」

十蔵は憤然と言う。

「そうとは思えない。いずれにしろ、このまま手を拱《こまね》いていてはこっちがますます追い込まれるだけだ」

「…………」

「いいな。俺は矢内栄次郎にかけてみる」

藤吉は肚《はら》を決めたように言う。

「かけてみるということは、すべてを正直に話すということか」

「そうだ」

「せっかくここまで店を盛り立ててきたというのに」

十蔵は歯嚙みをした。

「その店を守るためだ。敵は益三を殺し、三次までも萎縮させている。尋常の相手ではあるまい。こっちも傷を負う覚悟が必要だ」

「わかった」

「明日の昼過ぎ、浅草黒船町のお秋の家に出向こう」

「よし、いいだろう」

そのとき、番頭がやって来た。

「旦那。天神下の段平親分がやって来ました」

「なに、天神下の段平……」

藤吉は十蔵と顔を見合わせた。

十蔵は立ち上がって店先に向かった。藤吉は陰から様子を窺った。

「俺は天神下の段平だ。ここに益三という奉公人はいるか」

「へい。益三はふた親の墓参りのために房州《ぼうしゅう》に出かけてまだ帰っておりません」

十蔵は用意をしていた口実を口にした。

「なに、房州だと?」

段平は口許を歪め、

「じつは先日、入谷の定雲寺の裏手で見つかったホトケの身許がわからず難渋していたが、『十字屋』で奉公していた益三ではないかという訴えがあった」

「えっ、まさか」

「念のためだ。ホトケを検めてもらいたい」

「へい。わかりました。どちらまで」

「今、南町で預かっている。明日の朝、南町まで来てもらいてえ。いいな」

「畏まりました」

「じゃあ、頼んだぜ」

段平は引き上げて行った。

「とうとう、身許がわかったか」

藤吉が出て行く。

「これでよかったんだ。やっと益三を供養してやれる」

十蔵がしんみり言った。

「じゃあ、俺は引き上げる」

「駕籠を呼ぼう」

十蔵は手代を駕籠屋まで使わした。

しばらく経って、駕籠がやって来た。

「じゃあ、明日」

藤吉は別れの挨拶をする。

「奉行所から浅草黒船町のお秋の家に向かう」

十蔵と別れ、藤吉は駕籠に乗り込んだ。

川沿いの道に入った駕籠かきは軽快な足の運びで、両国橋に向かった。左手に武家屋敷が続く。

途中に辻番屋があり、その脇に男が立っていた。近付くと、天神下の段平のようだった。段平は駕籠のほうに目をやっていた。

五

翌日の昼過ぎ。沢ノ市の揉み療治が終わった。

「もう、ほとんど痛みはなくなりました」

栄次郎は右手の指を動かして言う。

「もうしばらく使わないほうがよろしいかと思います。ぶりかえすと、今度は治りにくくなりますので」

沢ノ市は厳しく言う。

「わかりました」

栄次郎はため息混じりに答えて、

「階下で昼餉を用意してあるそうです。ぜひ、召し上がっていってください」

「これはどうも。では」

目が見えるかのように沢ノ市はひとりで部屋を出て階段を下りて行った。

「なかなか治らないものですね」

新八が顔をしかめて言う。治療を受けているときに、新八はやって来たのだ。

「手首を使わないようにしなければならないのが困ります」

　ふと栄次郎は大城清十郎のことを思い出して暗い気持ちになった。栄次郎が武士を捨てたら、大城清十郎の、兄栄之進に対する思い入れに変化があるのだろうか。

　手首の腱を傷めたのは、兄のためにも三味線弾きを断念せよという天の声なのだろうか。ひょっとして、これは三味線弾きの道を断たれる前兆なのではないか。栄次郎は珍しく悪いほうへと考えが傾いていった。

　暗い気持ちを振り払うように、

「新八さん、何かわかりましたか」

　と、栄次郎は話題を『千扇堂』の藤吉に変えた。

「ええ、それなんです。じつは、昨日、藤吉さんに迫ってみました」

　そう言い、新八は昨日のことを話した。

「十蔵とのことを口にすると、かなり衝撃を受けていました。あのあと、三次という男がやって来ました。藤吉となにやら話し込んでいましたので、引き上げる三次のあとをつけました。すると、三次は本所石原町の『十字屋』に行き、そこに四半刻（三十分）いて、亀戸天神裏にある家に帰っていきました。そこで、三次に近付いて、藤吉と十蔵に会った用件を訊ねましたが、口を閉ざして何も答えてくれませんでした」

「そうですか」

階段を上がる足音が聞こえた。

「栄次郎さん」

お秋が障子を開けて、

「『千扇堂』の藤吉さんが栄次郎さんを訪ねていらっしゃいました」

と、声をかけた。

「やっ、さっそく来たようですね。あっしが迎えに行ってきます」

そう言い、新八が階下に行った。

しばらくして、新八が藤吉を連れてやって来た。

「失礼いたします」

藤吉が栄次郎の前に畏まった。

「まさか、新八さんが矢内さまの知り合いだとは思いもしませんでした」

「あのときの藤吉さんの様子が妙だったので勝手に調べさせていただきました。すみません」

栄次郎は頭を下げた。

「でも、なぜ?」

藤吉は不思議そうにきく。

「亡き父の影響でお節介焼きなのです」

「そうですか。もう、だいぶ私どものことを調べられたようでございますね」

藤吉は窺うように栄次郎の顔を見た。

「はい。でも、藤吉さんから話を聞かないことにははっきりしたことはわかりません」

「すべてお話をいたします。それで、矢内さまのお力をぜひお借りしたいと。そろそろ十蔵が参ります。そしたら、すべてをお話しいたします」

藤吉は強張《こわば》った表情で、

「十蔵は今、南町まで行っています。じつは入谷の定雲寺の裏手で殺された男は益三といって、十蔵の店の奉公人でした。ホトケのことで名乗って出ると、敵に自分のことが知られてしまうと思って黙っていたんです」

「なるほど。それで、身許がわからず仕舞いだったのですね」

栄次郎が確かめる。

「はい。ところが、とうとう段平親分が身許を洗い出したようで、十蔵に顔を検めるようにと。それで、今、南町に」

「そうですか。わかりました。十蔵さんをお待ちしましょう」

栄次郎が応じると、新八が口をはさんだ。

「昨日の三次という男についてお訊ねしていいですかえ。三次は『千扇堂』に何しに来たのですか」

「一昨日、使いの者に五十両を渡せという強請《ゆす》りの文が来ました。十蔵が三次を金で雇い、使いの者のあとをつけさせたのです。敵の正体を突き止めたいと思って。ところが、新八さんがいらっしゃっているとき、三次がやって来て、この件から手を引かせてもらうと言い出したのです」

「三次に何かあったんですね」

新八は頷いた。

「敵に脅されたんです」

藤吉が答えたとき、障子の向こうでお秋の声がした。

「お連れさまがお見えです」

そう言い、戸を開けると、十蔵が入って来た。

「失礼します」

十蔵は藤吉の隣りに腰を下ろし、

「『十字屋』の十蔵でございます」

　と、栄次郎と新八に頭を下げた。

「矢内栄次郎です。こちらは新八さん。藤吉さんから話を伺いましたが、南町まで行ってきたそうですね」

「はい。奉公人の益三の亡骸《なきがら》を引き取って参りました。今、番頭と小僧が大八車で押《おし》上村《あげむら》の寺まで運んでいるところです」

「よかった。これでやっと供養出来る」

　藤吉がしみじみ言った。

　落ち着いたのを見計らってから、

「さっそくお話を伺わせていただきましょうか。まず、五年前の押込みの件から」

　と、栄次郎は促した。

「私から」

　藤吉が切り出した。

「私は当時浅草阿部川町に住んで、小間物の行商をしていました。十蔵は本郷に住み、野菜の棒手振りをしていました。不忍池の辺《ほとり》で休んでいるとき、いつも十蔵も休んでいて、同い年ということもあって仲良くなりました。よく、ふたりで将来の夢を語り合いました。店を持つのが夢でした。でも、店を持てるようになるのはたいへんでした。金が貯まりません。将来に悲観することも多くなったとき、私の長屋の娘が金貸し長五郎から金を借りて困惑していることを知ったのです。母娘ふたりで住んでいたのですが、母親が病気になったとき、長五郎が親切ごかしに金を用立てたそうです。その後も薬代に困った娘にどんどん金を貸し、やがて、長五郎は本性を現したのです。娘を妾にしようと企んでいたのです」

藤吉は息継ぎをし、

「私は不忍池の辺で十蔵にこの話をしました。そしたら、十蔵が長五郎の家に忍び込み、証文を盗んでしまえばいいと言ったんです」

「そうです。私がそそのかしました」

十蔵が口をはさんだ。

「私は野菜の行商で、長五郎の家の勝手口にはよく行っていたのです。そこの通いの婆さんから、夜は長五郎ひとりだと聞いていたので、ふたりで忍び込んで長五郎を縛り上げて娘の証文を盗んでしまおうと言ったのです」

「私はすぐに乗っかりました。そして、ある夜四つ（午後十時）頃、手拭いで頰被《ほおかむ》りをして顔を隠し、ふたりで長五郎の家に忍び込んだのです。そして、居間に行って、仰天しました。長五郎が刃物で刺されて死んでいました」

　藤吉は声を震わせた。

「そのとおりです」

　十蔵が声を添えた。

「長五郎は死んで間もないようでした、何があったのかわかりませんが、すぐ気を取り直して証文を探そうとしましたが、証文が見当たりません。でも、長五郎が死んだのなら証文はいらないと思いました。でも、そのとき百両箱が目に飛び込んだのです。鍵が神棚にあったので、それで蓋を開け、金を奪って逃げました。五十両ありました」

　十蔵が答え、続けた。

「ふたりで二十五両ずつ分け、これからはお互いに他人になろう、どんなことから足がつくとも限らない。一方が万が一捕まっても相手の名は出さない、そういう約束で、お互い赤の他人になりました」

　栄次郎はふたりが真実を語っているかどうか見極めようとした。

「その後、兵助という男が捕まりましたね。長五郎を殺し、金を盗んだという罪です。あなた方は兵助を知っていたのですか」

栄次郎はきいた。

「いえ、知りません」

藤吉が答える。

「私も知りません」

十蔵も否定した。

ふたりとも、嘘をついているようには思えなかったが、

「ひとつ確かめたいのですが」

と、栄次郎は口にした。

「兵助は最期まで口を割らなかったそうです。拷問でも自白しなかったのは兵助が無実だったからか、あるいは拷問にも耐えられると思っていたからか」

栄次郎はふたりの顔を交互に見て、

「あなた方が真の下手人で、兵助は無実だったという見方も成り立ちます。今のあなた方のお話が真実だという証が何かありますか」

「ありません。でも、私たちはほんとうに殺しなんかしていません。ほんとうです。信じてください」

「ほんとうに私たちは殺しなどしていません。金を盗んだだけです」

ふたりは真剣な眼差しで栄次郎を見つめた。

やがて、栄次郎は頷き、

「信じましょう」

と、言った。

「ありがとうございます」

藤吉は頭を下げた。

「兵助が捕まったことを聞いてどう思ったのですか」

栄次郎は改めてきいた。

「これで助かったと思いました。一切の罪を兵助が背負ってくれたのですから」

十蔵は答える。

「私も後ろめたい気持ちはありましたが、これで安心して金が使えると思いました」

藤吉も俯いて言う。

「それで、堂々とその金を元手に店を持ったのですね」

「はい。それから半年間、懸命に働いていたら、本所石原町で薪炭屋の後継ぎがなくて店仕舞いを考えていると聞き、店を譲ってもらったのです」

十蔵に続いて、藤吉が答える。

「私は半年後に、神田佐久間町に小さな店を構え、と同時に、長五郎が死んで助かった娘を嫁にし、小間物屋をはじめました。店は順調に売上げを伸ばしました。ところが。半月ほど前、文が届いたのです。『千扇堂』は五年前の春に金貸し長五郎から盗んだ金ではじめたことを知っているという文面でした」

「その文を届けたのは？」

「小僧が若い男から預かったそうです。小僧から男の特徴を聞くと、私をつけてきた二十五、六の男のようでした」

「文は藤吉さんにだけ届いたのですね」

「そうです。十蔵のほうには届いていません。敵は、もうひとりが十蔵だとは気づいていなかったんだと思います。だから、私を脅せば、十蔵のところにあわてて駆けつけるだろう。そう睨んで、私をつけたのだと思います」

「そうですね」

「敵がどうして私のことを嗅ぎつけたのか……」

「ちょっとお待ちください」

栄次郎は藤吉を制し、

「兵助が捕まるまでの間、あなた方には探索の目は向けられなかったのですか」

「ええ、一度も」

藤吉ははっきり言う。

「妾にしようとしていた娘さん絡みでも何も？」

「ええ。別に何も」

「取り立ての男は長五郎がその娘を妾に狙っていたことはわかっていたはずですね。そのことを同心か岡っ引きに話さなかったのでしょうか、話していたら、その娘を助けるために近しい男がやったのではないかという疑いも生じたのでは？」

栄次郎は疑問を口にした。

「早い段階から兵助に疑いが向いていたからです」

十蔵が答える。

「そういう意味では私たちはついていたようです」

藤吉が呟くように言う。

「確かに」

栄次郎は頷いてから、

「それにしても、兵助は長五郎を殺し、自分の証文を抜き取っただけで、どうして金を盗まなかったのでしょうか」

と、疑問を口にする。

「さあ」

藤吉と十蔵は首を傾げた。

「長五郎は殺されてから間もないようだったということですね」

「ええ」

「もしかしたら、あなた方が忍び込んだとき、兵助はあの家にいたのかもしれませんね」

「あのとき、家に？」

十蔵が眉根を寄せた。

「そうです、兵助は金を盗もうしたとき、あなた方がやって来たのであわててどこかに隠れた。その間に、あなた方が金を持ち出した……」

藤吉は十蔵と顔を見合わせて、

「そう言われてみれば、俺たちは台所から居間に行っただけだ、他の部屋に隠れていたら気がつかなかったはずだ」

と、厳しい顔になった。

「もし、そうだとしたら、兵助はあなた方の姿をどこかから見ていたことになります」

「では、私のことを覚えていたのでしょうか。だから、私に脅迫の文を……」

「いえ。敵は十蔵さんを見つけようとしていたのですよね。十蔵さんが見つからない限り、あなた方が金を盗んだふたりだとはわからなかったのです」

「ええ。そうだと思います」

藤吉は大きく頷く。

「ということは、兵助は十蔵さんを覚えていたのです。何か現場でしませんでしたか。たとえば、名前を呼んだとか」

「いえ、それはありません」

藤吉は答えたあとで、あっと声を上げた。

「どうしましたか」

「十蔵。そういえば、あのとき、おまえ頬被りの手拭いの結び目が緩《ゆる》んで……」

「そうだった。一瞬だけ。私は頬被りを外したんだ。じゃあ、そのとき、兵助は私の顔を見ていたのか」

十蔵は唖然とした。

「でも、いくら十蔵の顔を見たとしても、兵助はすぐ死んでしまったんです。今になって、十蔵を探そうというのはいったい誰なんでしょう」

「押込みのあと、兵助が誰かにそのことを話したのではないでしょうか」

栄次郎は想像を口にした。

「兵助が誰に話したって言うんですかえ」

それまで黙って聞いていた新八がはじめて口を開いた。

「ちょっと気になる男がいるんです」

「誰です？」

「取り立ての男です」

「金助ですか」

「ふたりいたんですね」

「ええ、もうひとりは茂太です。金助には会いましたが、茂太には会っていません。

金助と茂太に何か」

「ふたりの立場になって考えてみたのです。雇主の長五郎が殺されたら、ふたりはまっさきに誰を疑うでしょうか。取り立てに追い詰められている兵助に疑いの目を向けたかもしれません。ふたりに問い詰められた兵助は、長五郎に返済を待ってもらうよう頼みに行ったが相手にされずに追い返された。長五郎の家を出るとき、ふたり組の男とすれ違ったと話したのでは……」

栄次郎は推し量ったことを口にする。

「その後、兵助が捕まった。茂太はやはりふたり組とすれ違ったという話は兵助の作り話だと思った。ところが、盗まれた金の行方がわからないことに、茂太も引っ掛かりを覚えていた」

「では、茂太が強請りの張本人ですか」

新八がきく。

「そうだとしたら、どうして茂太は私に目をつけたのでしょうか」

藤吉が険しい表情になった。

「おそらく、茂太はたまたま藤吉さんのおかみさんのお房さんを見かけたのではないでしょうか。茂太にしてみれば、雇主の長五郎が妾にしようと企んでいた相手です。その女が小間物商の『千扇堂』の内儀になっていた。その『千扇堂』は五年前に店を開いた。そして、さらに調べると、主人の藤吉はお房さんと同じ長屋に住んでいた小間物屋だったことを知った」

「それから私に疑いを……」

藤吉は唖然とした顔になった。

「ええ。ひょっとしたら兵助の言っていたことはほんとうだったのかもしれないと思い、金を強請ろうとした……」

「なるほど、でも、茂太ひとりでしょうか。あっしの前ではとぼけていましたが、金助もつるんでのことでは……」

新八は金助をも疑うように顔をしかめ、

「もう一度、金助に会ってきます」

と、意気込んだ。

「私たちはどうしたらいいでしょうか」

藤吉はきいた。

「普段どおりにしていてください。そして、何か言ってきてもすぐに応じないで、すぐ私に知らせてください」

「わかりました」

藤吉と十蔵はほぼ同時に答えた。

栄次郎も見えない敵に立ち向かっていく覚悟を固めていた。

第三章　用立てた金

一

翌日は朝からどんよりしていた。しばらく晴天が続いていたので、大気は乾き、通りも風が吹くと砂ぼこりが舞った。

栄次郎と新八は車坂町の長屋にやって来た。腰高障子に弥二郎という千社札が斜めに貼ってある住まいの前に立った。

「ごめんよ」

新八が声をかけて戸を開けた。薄暗い部屋にまだふとんが敷いてある。まだ寝ているようだ。

「弥二郎さんかえ」

土間に入って、新八は強引に声をかける。

「なんでぇ」

怒ったような声がした。

「もう朝だ。起きたほうがいいぜ」

弥二郎はがばっと起き出た。二十半ばの色の浅黒い男だ。眦《まなじり》をつり上げ、

「やい、ひとの家に勝手に入って来やがって何の真似だ」

「そう怒るな」

新八は軽くあしらうように、

「ちときいてえことがあるんだ？」

「なんだ？」

急に警戒したような顔で、新八の後ろにいる栄次郎に目をやった。

「おめえ、入谷の定雲寺の裏手で殺された男を『千扇堂』の前で見たと岡っ引きに告げたそうだな」

最初から新八は高飛車《たかびしゃ》に出た。この手の男はこのほうが効き目があると計算した上でのことだ」

「………」

「どうなんだ？」

「そうだ」

「ほんとうに『千扇堂』の前で見たのか」

「見た」

「嘘だな」

「なんで嘘だと決めつけるんだ」

「あのホトケは益三というんだ。益三は本所に住んでいるんだ。『千扇堂』には行っちゃいねえ」

「それがどうした？」

「なぜ、嘘をついた？」

「嘘じゃねえよ」

「誰に頼まれたんだ」

「誰にも頼まれちゃねえ」

栄次郎は前に出て、

「あなたはなぜ『千扇堂』に行ったのですか」

「行ったわけじゃねえ。たまたま通りがかったんだ」

「そしたら『千扇堂』から益三が出て来たのですね」

「そうだ」

「益三ははじめて見る顔だったのですね」

「そうだ。もう、いいじゃないですか、そんなこと」

「はじめてなのに、よく顔を覚えていましたね」

「黒子《ほくろ》だ」

弥二郎は吐き捨ててから、

「いい加減にしてくれませんかえ」

と、顔を不快そうにしかめた。

「さっきも言ったように益三は『千扇堂』に行っちゃいねえんだ」

新八が口をはさみ、

「だから、おめえが嘘をついていることは明らかなんだ」

「…………」

「誰に頼まれたんだ?」

「誰にも頼まれちゃいねえ」

弥二郎は顔をしかめて答えた。

「なぜ、入谷の定雲寺に行ったんですか」

再び、栄次郎がきいた。

「たまたまだ」

「また、たまたまか」

新八はぐっと身を乗り出し、

「まだ益三を殺した下手人はわかっちゃいねえ。おめえがわざわざ『千扇堂』で見かけた男だと言いだしたのは何か魂胆があってのことじゃねえか。つまり、自分の仕業だというのを隠すためにそんなことを言いだしたんじゃねえのか」

「ばかばかしい」

「いや、そうとでも考えなければ腑に落ちない。このままでは奉行所に訴えなければならなくなる」

「訴えたければ訴えればいいぜ。俺は別に痛くも痒くもねえ」

弥二郎は冷笑を浮かべた。

「そうかえ。じゃあ、そうさせてもらうぜ。首を洗って待っているんだな」

新八は吐き捨て、土間を出た。

「やけに自信ありそうですね」

新八が不審そうに首を傾げた。

「その自信のよりどころが気になりますね」

栄次郎も呟く。

それから浅草方面に向かう。

稲荷町を過ぎ、東本願寺《ひがしほんがんじ》の前を通って田原町にやって来た。

仕事師大五郎《だいごろう》の家はすぐわかった。鳶職《とび》であり、祭りのときの屋台造り、溝《どぶ》掃除などなんでもやる。

間口の広い土間に入って、新八が半纏《はんてん》を着た若い男に声をかける。

「すまねえ。金助さんを呼んでもらいたいんだが」

「どちらさんで」

「一昨日訪ねた新八っていう」

「新八さんですね。少々お待ちを」

壁に大小の鳶口や刺股《さすまた》、大槌《おおづち》などの火消し道具がかかっていた。

三十過ぎの細身の男が出て来た。

「また、何か」

金助は顔をしかめて新八にきいた。

「すまない。もう少しききたいことが出来たんだ。ちょっと外に出られませんかえ」

新八が言うと、金助は栄次郎に顔を向けてから、黙って頷いた。

近くの空き地に行き、

「で、何がききたいんだ」

と、金助は顔を向けた。

「金貸し長五郎が殺されたとき、金助さんはすぐに誰の仕業か見当がついたんじゃないかと思って」

「見当なんかつくはずねえ」

「でも、取り立てで追い詰められている者がやったんじゃないかとは思わなかったんですかえ。はっきり言えば、兵助が怪しいと疑わなかったんですかえ」

「確かに兵助かもしれないと思ったが、俺たちは岡っ引きじゃねえからな」

「でも、自分の雇主の仇《かたき》をとりたいという気持ちはあったのでは？」

栄次郎が口をはさんだ。

「お侍さんは誰なんですね」

「失礼しました。矢内栄次郎と申します。ある事情から、その押込みの件を調べていましてね。で、兵助に会いに行ったりしなかったかと」

「…………」

「行ったのですね」

「俺はそんなのどうでもよかった。でも、茂太は兵助じゃねえかと言っていた。それで、俺も茂太について兵助に会いに行った」

金助は口許を歪め、

「兵助は俺じゃねえと言った。当たり前だ。そうだったとしても、素直に認めるばかがいるはずねえ。だから、すごすごと引き上げた。それだけだ」

「その後は、兵助に会いには？」

「俺は行ってねえ」

「茂太は行ったんですね」

「おそらくな。兵助が下手人なら金を脅し取れると思ったんじゃないのか。ふたりよりひとり占めしたほうがいいからな」

「では、あなたには内緒で、兵助に会いに行ったんですね」

「だと思う」

「茂太は今どこに？」

「さあ、わからねえ。たぶん、実入りがなくなったから、かみさんを料理屋で働かせているに違いない。もともとかみさんは深川にいたそうだから、ひょっとして深川に戻ったかもしれねえな」

「仲がよかったわけじゃないんですか」

「いや、たまたまいっしょに取り立ての仕事をしていたってだけだ。だから、あの事件があったあとはほとんど会っていねえ」

金助は真顔で言った。

「兵助が捕まりましたが、最期まで否認していました。金の行方もわかならい。あなたは、そのことを知ってどう思いましたか」

「どうって……」

「なぜ、金の行方がわからないのだと思いましたか」

「そんなこと、考えたこともねえ。俺には関わりねえからな。ただ……」

金助はふと眉根を寄せた。

「なんですか」

「ほんとうに兵助がやったのかと疑ったことはある」

「兵助は真の下手人ではないと思ったのですか」

「拷問にも口を割らず、盗んだ金も見つかっていない。だから、兵助じゃないかもしれないと、一瞬思ったことがある。

「でも、血の付いた匕首《あいくち》や返り血を浴びた着物など、兵助には犯行を裏付ける証がいくつも揃っていました」

「それもはめられたんだと思った」

「誰にはめられたと思ったのですか」

「茂太だ」

「なに、茂太」

新八が顔色を変えた。

「どうして、そう思ったのですか」

「茂太は取り立てをしているときから兵助と気が合わないようだった。だから、兵助を罠にはめたのかとね」

「長五郎を殺したのは茂太だと？」

「ただ、そう思っただけだ。深く考えたわけじゃねえ」

「でも、もっと何か理由があったのではありませんか」

「そうだな。強《し》いていえば、いつの間にかどこかに行ってしまったからかな。でも、そんなこと、俺には関わりねえから」

「茂太はどんな感じの男だね」

　新八が脇からきいた。

「大柄な男だ。右の眉のところに斬られ傷がある。喧嘩で受けた傷だそうだ。とにかく、気が短かった。茂太が凄むと、相手はすぐびびった」

「深川のどこにいるかわからないか」

「知らねえな」

「長五郎が妾にしようとしていた娘はその後、どうしたか知っていますか」

　栄次郎はきいた。

「いや、知らない」

　金助は嘘をついているようには思えなかった。

　栄次郎は新八と顔を見合わせた。

「すまかった。もう、いいぜ」

　新八は金助に声をかける。

「もういい加減にしてくれ。今度来たって会わねえ。いいな」

　金助はそう言って引き上げた。

「金助は関係ないようですね」

新八が呟く。

「やはり、茂太ですね」

栄次郎は茂太が何かを知っていると思った。

「あっしはこれから深川に行ってみます。あの辺りの地回りの男に茂太のことをきいてみます」

「そうですか。念のために、私は入谷の定雲寺に行ってみます。今さら、益三が殺された手掛かりがつかめるとは思いませんが」

栄次郎はそう言い、新八と別れ、入谷に向かった。


空は相変わらず雨雲に覆われていた。今にも降りだしそうだ。昼前なのに辺りは薄暗い。行き交うひとも足早だ。

浅草寺《せんそうじ》の脇の道を通り、浅草田圃を突っ切り、栄次郎は入谷田圃に出た。すると、寺の大屋根が見えてきた。

山門に定雲寺とあった。栄次郎は寺の塀に沿って裏手に向かう。雑木林だ。やがて、寺の裏手に出た。

益三は御厩河岸の渡し場近くで待ち伏せ、藤吉を尾行してきた男のあとをつけたのだ。ここまでつけてきたわけではあるまい。この近くに敵の隠れ家があるのだ。益三はそこまで行って見つかったのだろう。

そして、ここまで逃げてきて捕まった。そう考えたほうがいいようだ。他からここに連れ込まれたのだとしたら、通行人に不審を持たれるのではないか。

ここで益三は誰に頼まれたのか白状するように拷問を受けたのに違いない。だが、益三は口を割らないまま殺された。

栄次郎は来た道を戻って、定雲寺の山門の前に出た。

門前に小さな茶店があった。婆さんがひとりでやっているようだ。床几がふたつ並んでいるが、客はいなかった。

栄次郎は刀を外して床几の赤い毛氈の上に腰を下ろした。

婆さんがやって来た。

「茶をください」

栄次郎は頼んでから、山門のほうに目をやる。ふと、誰かが山門の陰に隠れたような気がした。

しばらく目を凝らしていたが、ひと影は現れなかった。

「はい、どうぞ」

「すみません」

栄次郎は湯呑みを受け取ったあと、

「いつぞや、この寺の裏手でひとが殺されたそうですね」

と、きいた。

「そうです。たいへんな騒ぎでした」

「まだ、下手人は見つからないのでしょうか」

「そうみたいですね」

婆さんは表情を曇らせ、

「恐ろしいことです」

「ここからだと、寺の裏に行くひとは見えるのではありませんか」

栄次郎は何気なくきいた。

「ええ。ですから、怪しい男たちを見ましたよ」

「えっ、見た?」

「店を閉めたあと、外に出てみたら、編笠をかぶった侍と若い男がひとりの男を裏に連れ込んで行くのが見えました。その男が殺されたんだと思います。ああ、恐ろしい」

婆さんは首をすくめた。

「どんな男たちか覚えていないですか」

「暗かったので顔までよく見えませんでした」

「でも、侍がいたのですね」

「はい」

「今のことは町方には？」

「ええ。段平親分には話しました」

「そうですか。その後、怪しい者を見てはいないですか」

「そういえば、一昨日の昼下がり、遊び人ふうの若い男が辺りをきょろきょろしながら通って行きました」

「若い男？　どんな男か覚えていますか」

「細面で精悍な感じの若い男でした」

三次かもしれないと思った。やはり、敵の隠れ家はこっちのほうにあるのだ。同じように敵の男をつけた益三と三次だが、なぜ益三は殺され、三次は生き延びたのか。

茶を飲み干し、栄次郎は立ち上がった。

栄次郎は山門に向かった。石段を上がり、山門に入る。さっき、人影が隠れた辺りに行ってみた。

むろん、誰もいない。気のせいだったか。そう思い、山門を出ようとしたとき、射るような視線を感じた。

本堂のほうからだ。栄次郎の目が本堂から奥に向かう影を一瞬だけとらえた。栄次郎はいきなり駆けだした。

本堂をまわると、墓地に出た。雨雲が重く垂れ込め、辺りはいっそう薄暗くなっていた。

さらに行くと、栄次郎は墓地を縫って中に入る。ひとの気配が消えた。

栄次郎は裏口があった。閂《かんぬき》が外《はず》れていた。元からかけていなかったのか、それとも何者かが今し方外したのか。

栄次郎は裏口の戸を開けた。外に出る。益三が殺されていた雑木林だ。栄次郎は足を進めた。

風が出て来たのか木の葉が揺れていた。栄次郎はさらに奥に行く。土に何者かが駆けたような形跡があった。

誰かがここを駆け抜けたのに違いない。この雑木林の先は田圃だ。栄次郎は雑木林を抜けて田圃に出た。

かなたに吉原《よしわら》の廓《くるわ》が見える。田圃に逃げて行くひと影はない。栄次郎は引き返した。

木立を縫って裏口に向かいかけたとき、栄次郎は殺気を感じた。が、そのまま歩いて行く。

幾つか木立を抜けたとき、いきなり横合いから剣が襲ってきた。栄次郎は身を翻《ひるがえ》しながら無意識のうちに抜刀し、斬り込んできた剣を弾《はじ》いた。

栄次郎は体勢を立て直し、剣を正眼《せいがん》に構えた。饅頭笠《まんじゆうがさ》をかぶった侍が剣を肩に担ぐようにして強引に迫ってきた。

栄次郎は相手の剣の動きを冷静に見極め、勢いをつけて振り下ろした剣を横っ飛びに逃れた。相手の剣は空《くう》を切った。

「何者だ？」

栄次郎は誰何《すいか》する。

「覚悟」

相手はまた剣を背中に担ぐように構えて突進してきた。栄次郎も相手の懐《ふところ》目掛けて足を踏み込む。相手の剣を鎬《しのぎ》で受け止め、相手を引き寄せる。

「誰かに頼まれたのか」

笠の下の顔を覗き込む。だが、相手は顔を俯《うつむ》け、ぐいと押し込んできた。栄次郎は手の力を緩めて剣を下げた。

相手は勢い余って体勢を崩した。栄次郎はそこに剣の峰《みね》を返し、相手の肩を打とうとした。だが、手首に激痛が走った。

栄次郎は相手に気づかれぬように後ろに下がった。

相手は体勢を立て直した。栄次郎は剣を左手だけで持って構えた。

「今度は容赦せぬ」

手首の痛みを隠して、栄次郎はわざと強気に出た。

冷たいものが顔に当たった。とうとう降りだしてきた。いきなり、饅頭笠の侍が寺の塀に向かって駆けだした。

追おうとしたが、栄次郎は足が動かなかった。左手一本で刀を鞘《さや》に納め、すぐ右手首を押さえた。

まだ使ってはいけなかったのだと、栄次郎は後悔した。雨が栄次郎の体に打ちつけてきた。

栄次郎は裏口から入り、本堂で雨宿りをした。

やはり、この寺の近くに敵の根城《ねじろ》があるのだと確信した。いくぶん小雨になってから、栄次郎は雨の中を飛び出した。

山門を出ると、茶店の婆さんが唐傘《からかさ》を持って待っていた。

「お侍さん。これをお使いなさい」

「いや、これくらいの雨、だいじょうぶです」

「いけません。この雨、また強くなりますよ。風邪《かぜ》引いたら厄介《やっかい》でしょう。どうぞ」

婆さんは唐傘を寄越した。

「すみません。では、お借りいたします」

栄次郎は素直に借りることにした。

「ところで、私より前に饅頭笠をかぶった侍が出て来ませんでしたか」

「ええ、走って入谷の町に消えていきました」

何があったのかまったく気づいていないので、婆さんは呑気《のんき》に言った。

礼を言い、栄次郎は左手で傘を持ち、あっという間にぬかるんだ道を浅草方面に向かって歩きだした。

二

夕餉のあと、藤吉は居間から内庭の萩《はぎ》に降り注ぐ雨を見ていた。この店をはじめたのが五年前の秋だ。

この店を開くに当たっての元手は、金貸し長五郎の家から盗んだ金だ。

長五郎の家に忍び込もうと思ったのは、お房を助けたかったからだ。十蔵も長五郎のあくどさを知っていたので、すぐに乗ってくれた。

お房の証文だけを盗むつもりだった。十蔵は野菜の行商で勝手口に入ったことがあり、なんなく侵入出来た。

だが、そこで見たのは長五郎の死だ。長五郎が死んで、もう取り立てをする者がいなくなったと思ったとき、百両箱が目に入った。

鍵を見つけて開けた。五十両入っていた。それを盗んで逃げた。まさか、そのとき、あの家の中に押し込んだ男がいるとは思わなかった。

やがて、兵助が捕まった。取調べにも頑《がん》として口を割らなかったのは金が見つからなかったからだろう。金が見つからなければ逃げきれるという自信があったのかもしれない。だが、兵助の体は拷問に耐えられなかった。

兵助が死んでもう自分たちは安心だと思った。盗んだ金は自由に使える。それでも、用心を重ね、金を使いはじめるのは半年後、そして十蔵とは赤の他人になる。そう決めたのだ。

半年後の秋、藤吉はお房と所帯を持ち、神田佐久間町に『千扇堂』を開いた。

丸五年で、予想以上に店は繁盛した。お房の考え出した商品がみな当たったのだ。この先もこのままうまくいくはずだった。もはや、誰も金貸し長五郎のことを忘れている。ただ、子どもが出来ないことが残念だった。それでも、まだ諦めたわけではない。いつか、後継ぎも出来る。藤吉は仕合わせの絶頂だった。

だが、突然、藤吉は奈落の底に突き落とされた。『千扇堂』は五年前の春に金貸し長五郎から盗んだ金ではじめたことを知っていると記された脅迫状が届いたのだ。

へたをすれば店を失うどころか、お縄にならないとも限らない。矢内栄次郎と新八に運命を託したが、はたしてどうなるか。

藤吉は喉元に匕首を突き付けられたような心地でいた。

「おまえさん」

お房が居間に入って来た。

「また、何か考え込んでいるのね。ねえ、何を悩んでいるの？」

「何も悩んじゃいないよ」

「嘘」

お房は強く反発するように言う。

「今まで、おまえさんがこんな暗い顔をしていたことはなかったわ。ねえ、私に教えて」

「考えすぎだ。なんでもない」

長五郎の家に忍んだことは当然ながらお房は知らない。

「おまえさん」

お房が恐ろしい顔付きで藤吉を見つめた。

「このお店を開く元手のことを、おまえさんは行商での貯えと親方からの援助だと私に話してくれましたね」

「そうだ。それがどうした？」

藤吉は用心しながらきき返す。

「だいぶ前だけど、親方に訊ねたことがあるの。うちのひとは店を開く元手にいくらお借りしたのでしょうかって」

「えっ」

藤吉はあわてた。

「どうしてそんなことを？」

「だって、親方にお金を返した形跡がないじゃありませんか」

藤吉は返答に詰まった。

「だから心配できいたんです。そしたら、藤吉は自分の力で元手を作ったんだと、親方は仰《おっしゃ》っていました」

「…………」

「おまえさん、元手はどうやってこしらえたの？」

「だから、俺が働いて」

「それだけじゃ足りないはずよ」

「お房。おまえがそんな心配しなくていい」

「そうはいかないわ」

「なぜだ？」

藤吉はむっとなり、

「金の工面は主人たる私の役目だ。おまえはただ……」

「おまえさん。私に隠していることはないかえ」

お房がじっと見つめる。

「隠していることなんてあるはずない」

「そう」

お房は俯いて、しばらく顔を上げようとしなかった。そのうち、嗚咽《おえつ》を漏らした。

「どうしたんだ？」

藤吉はあわてた。

「ひと月前」

お房が顔を上げた。

「私の家に借金の取り立てに来ていた茂太という男と店の前でばったり会ったの」

「なんだって」

藤吉はあわてた。

「私のことを思い出し、長五郎が死んで助かったじゃねえかと言ったあと、今はこの店の内儀かって」

「…………」

藤吉は握りしめた拳《こぶし》を震わせた。

「ご亭主は誰なんだってきいてきたわ。ひょっとして、同じ長屋にいた小間物屋の男かって。それから、店はいつからはじめたんだ、まさか、五年前ってことはないだろうなって言うの。ちょうど番頭さんが顔を出したので、私は失礼しますと言って逃げるように店に逃げ込んだわ。薄気味悪かったから」

お房は強張った表情で、

「茂太はなぜ、五年前のことを言ったの？」

「あんな男の言うことをまともに聞く必要はない」

「五年前、長五郎が殺されなければ、私は長五郎の妾にされていたわ。押込みのおかげで私は助かったの」

「やめろ、そんな話。済んだことだ」

「なぜ、茂太はお店を開いたのが五年前ではないかときいたの」

「知らん」

「長五郎の家から盗まれた金が見つからなかったんでしょう。まさか、その金を元手に、この店を」

お房は目を見開いた。

「ばかなことを言うな」

「じゃあ、元手の金はどうやって手に入れたの。親方は否定しているのよ」

「お房」

藤吉は息苦しくなった。

「押込みで捕まった男は最期まで罪を認めなかったそうね。まさか、ほんとうはおまえさんが私を助けるために長五郎を……」

お房はおののいた。

「違う。それは違う」

「じゃあ、元手のお金はどこから？」

お房がにじり寄り、

「ねえ、おまえさん。ほんとうのことを話しておくれ。ここのところずっとおまえさんは暗い顔で過ごしているじゃないか。何かに悩んでいるのはわかるわ。きっと、あの茂太がおまえさんに何か言ってきたんだね。そうだろう。小僧が言っていたわ。旦那宛てに文を預かったって」

「お房、すまねえ」

藤吉は声を絞り出し、

「こうなったら何もかも言わざるを得まい」

と、大きくため息をついた。

「お房。心して聞いてくれ。おまえの心配どおりだ。私は長五郎の家に忍び込んだ。待て、長五郎を殺したのは私じゃない」

藤吉は声を押し殺し、

「私はおまえが長五郎の妾になることが耐えられなかった。なんとか助けたいと思い、十蔵という友人に相談した。それで、おまえの証文を盗むためにふたりで長五郎の家に忍び込んだのだ」

　お房は息を詰めて聞いている。

「居間に入ってびっくりした。長五郎が死んでいたんだ。私たちが入る前に、誰かが侵入して殺したんだ」

　藤吉は息継ぎをして、

「そのあと百両箱に目がいき、そこから五十両を盗んだ。十蔵と山分けをし、それから半年後に『千扇堂』を開店したのだ。元手は盗んだ金だ」

「…………」

「だが、おまえのおかげで商売は予想以上に繁盛した。山分けした金の二十五両はいつでも返せるように別途保管してる。もっとも、それは気休めに過ぎない。それで良心の呵責《かしやく》から逃れようとしているだけだ。返す相手はもういないのだから」

　藤吉はお房の肩を抱き、

「すまない、お房。おまえを騙《だま》し続けて」

「何を言うのさ。これもみんな私を助けようとしてくれたことからはじまったこと」

「罰が当たったんだ。強請《ゆす》りの文が届いた。一度、脅しに屈したらこの先、ずっと強請られる」

「おまえさん。このお店を失うのは惜しくないわ。それより、おまえさんが五年前の罪でお縄になることは耐えられない。また、一からはじめましょう」

「お房」

「五年間もいい思いをさせてもらったんですもの、ありがたいと思わなきゃ。どうせ、私たちは裏長屋の暮らしが分相応だったのよ」

藤吉はお房の言葉が胸に響いた。

そうだ、今の暮らしは偽りでしかない。あのとき、お房を助けたいために長五郎の家に忍び込んだが、長五郎の死体を見つけた時点で引き返すべきだったのだ。

なまじ金に目が眩《くら》んだために、今になってその報いを受けた。お房とふたりで長屋暮らしからいつか店を持つことを夢見ながらこつこつ働いていくべきだった。

「今、すぐに店を投げ出しては奉公人たちが困る。身の振り方を考えてやろう。それから、私は奉行所に自訴しよう」

「自訴？」

お房がのけ反《ぞ》るように、

「だめ。おまえさんがお縄になるなんて」

「お房。金を盗んだという負い目を抱えていてはこの先、また行き詰まることに出くわしたとき、それを乗り越えられまい。私が帰ってくるまで、おまえがひとりで暮らしていけるだけの金はある」

「いやです、おまえさんと離ればなれになるなんて耐えられません」

「いっときの辛抱だ」

そうは言うものの、いくら自訴したからといい、遠島の沙汰が下るかもしれない。お房と永久の別れになるかもしれない。

「今、矢内栄次郎というお侍さんが脅迫者のことを調べてくれている。相手の正体がはっきりしたときに自訴する」

「おまえさん」

お房は藤吉の胸に顔を埋めた。

「だいじょうぶだ。きっとまたふたりで暮らせるようになる」

藤吉はお房の肩を抱きながら嗚咽《おえつ》を堪えていた。

雨は明け方には止《や》み、朝陽の眩《まばゆ》い光が庭に降り注いでいた。庭の水たまりに陽光が照り返して、いつになく澄みきった風景に思わず藤吉は見とれた。

見慣れた庭にこれほどの風情《ふぜい》があったのかと、改めて気づかされた。心の重荷がとれたせいかもしれない。

もはや、脅迫者に怯える必要はなかった。

昼までに脅迫者からの文はなかった。藤吉は番頭に店を任せて、浅草黒船町のお秋の家に行くために家を出た。

栄次郎にも自分の覚悟を伝えるためだった。

半刻（一時間）足らずで、お秋の家に着いた。

土間の端に、杖があった。その杖を見て、

「沢ノ市さんが来ているのですか」

と、藤吉はお秋にきいた。

「ええ。でも、もうそろそろ終わるはずです。どうぞ、お上がりください」

「では、失礼して」

藤吉はお秋のあとに従って階段を上がった。

ちょうど、障子が開いて、沢ノ市が出て来た。

「お帰りですか」

お秋が声をかける。

「はい。おや、『千扇堂』の旦那」

沢ノ市が顔を俯けながら言う。

「沢ノ市さん、相変わらず鋭いね」

藤吉は舌を巻いて言う。お秋も驚いていた。

お秋と沢ノ市が階段を下りて行き、藤吉は栄次郎の部屋に入った。

藤吉は栄次郎と差し向かいになった。

「何かありましたか」

栄次郎が藤吉の顔色を読んだように言った。

「矢内さま」

藤吉は切り出す。

「やはり、矢内さまのお考えどおりでございました。お房が茂太と店の前でばったり出くわしたそうです」

「おかみさんがそのことを？」

「はい」

「では、おかみさんは？」

栄次郎は事態を察したようだった。

「はい。お房もうすうす何かに感づいていました。それで、お房にすべて話しました」

「おかみさんはどう仰《おつしや》っておいでですか」

「長五郎から盗んだ金があの店を開く元手になっていたことに激しく衝撃を受けておりましたが、自分を助けるためだったことで、お房自身も責任を感じていました。それで、お房と話し合い、強請りの連中を見つけ出したあと、私は長五郎の金を盗んだことで自訴いたします」

「自訴……」

「はい、金を盗んだという負い目を抱えて生きていっても決して仕合わせにはなれないと、今回の件ではっきりわかりました。自訴したあと、私にどういう沙汰《さた》が下されるかわかりませんが、幸い子どもはおらず、残されたお房がひとりで生きていく貯えはあります」

栄次郎は藤吉を見返し、

「あなたの覚悟はわかりました」

と、頷いてから、

「自訴の時期などは私に任せていただけませんか」

「わかりました」

「十蔵さんには？」

「十蔵の考えはわかりません。でも、十蔵を説き伏せます。脅迫者が捕まれば、私と十蔵がやったことは明らかになってしまいます」

「わかりました。私はともかく脅迫者を見つけ出します。脅迫者の根城は入谷の周辺にあることは間違いありません」

自訴すると決めた以上、脅迫者も道連れにするつもりだ。

「これから私は十蔵のところに行ってきます」

「そうですか。もし、脅迫者から何か言ってきたらすぐに知らせてください」

「はい」

藤吉は立ち上がった。

お秋の家を出てから、藤吉は御厩河岸の渡し場に行き、船を待った。対岸の本所側を出発した船はすでに大川の真ん中辺りまで来ていた。

船を待っている客は商家の内儀とその供の女中、隠居ふうの男、大道芸人らしい男女などだ。

ようやく船が着いた。乗船客が下りてきた。下りる客がいなくなり、乗り込む客が動きだした。

藤吉も前の客に続いて桟橋に向かいかけたとき、ふと背後に近付いてきた男がいた。

「明日の暮六つ(午後六時)、柳森《やなぎもり》神社に百両を持ってこい。十蔵と五十両ずつだ」

「また、あんたか」

目の細い、顎の尖った二十五、六の遊び人ふうの男だ。

「いいか。わかったな」

「待て。明日、茂太は来るのか」

「…………」

「どうなんだ?」

「明日だ」

男は踵《きびす》を返した。

「お客さん、乗らないんですかえ」

渡し場の番人が声をかけた。

ため息をつき、十蔵を説き伏せるために藤吉は渡し船に乗り込んだ。

三

栄次郎は柳の木の陰から藤吉に近付いて男を見ていた。いつぞやの目の細い、顎の尖った男だ。栄次郎が考えたとおり、男が藤吉に何か告げている。

男が藤吉から離れた。栄次郎は間を置いて、男のあとをつけた。なぜ、男は御厩河岸の渡し場まで藤吉に近付くのを待ったのか。『千扇堂』からつけてきたのだとしたら、いくらでも藤吉に声をかける機会はあったはずだ。

そういうことからして狙いは栄次郎ではないかとも考えられる。そうと察したが、あえて誘いに乗ってみた。

男は駒形堂の前を過ぎ、吾妻橋の袂を突っきり、花川戸《はなかわど》にやって来た。そして、歩みを休めることなく、山之宿《やまのしゆく》六軒町《ろつけんちよう》から聖天町《しようでんちよう》に入った。

待乳山《まつちやま》聖天の脇を通りながら山谷堀《さんやぼり》に向かっていると思った。が、日本堤《にほんづつみ》の手前にある西方寺《さいほうじ》の前にやって来ると、男は山門をくぐった。

栄次郎も遅れて山門を入る。本堂の脇を奥に向かう男の姿が見えた。栄次郎は本堂を目指した。

本堂の裏手は墓地になっている。墓石の合間に男の姿が見え隠れした。

栄次郎は男のあとを追った。

墓地から疎《まば》らな木立の野原に出た。男は消えていた。夕暮れの訪れは早い。辺りは薄暗くなっていた。

冷たい風が吹きつけた。木立の陰から男が現れた。と、同時に背後から尻端《しりはし》折《よ》りをした男が三人に浪人がふたり現れた。

「この中に、茂太はいるのか」

栄次郎は男たちを見まわして声をかけた。

「よけいなことに首を突っ込みやがって」

濃い眉を寄せて、男は懐の匕首を抜いた。栄次郎がつけてきた男だ。

「ここで死んでもらう」

「益三を殺《や》ったのはおまえか」

栄次郎は問いただす。

「やっちまえ」

三人の男が一斉に匕首を構えた。

栄次郎は右手を庇うように後ろにまわし、左手で構えた。

「こいつは右手を怪我して使えねえ」

男が叫ぶと同時に、右脇から長身の男が匕首を構えて飛びかかってきた。栄次郎は身を翻《ひるがえ》し、左手で相手の手首を摑んで腰を落としてひねった。あっと叫んで、男は一回転して背中から落ちた。

別の男が匕首を腰に構え、凄まじい勢いで突進してきた。栄次郎も素早く相手に向かい、匕首が腹に迫った寸前に横に飛び、すれ違いざまに相手のくるぶしを蹴った。

悲鳴を上げて男は転げまわった。

「野郎」

三人目の男は匕首を指先で弄《もてあそ》びながら、栄次郎に迫る。左手を前に出し、足を前後にして待ち構える。

男は栄次郎の顔面目掛けて匕首を振り下ろす。後ろにのけ反って逃れると、さらに近付いて匕首を横に振り、すぐに返してまた襲った。栄次郎は後退する。目茶苦茶に振り回しているようだが的確に切っ先が栄次郎を襲う。

栄次郎は木立に追い詰められた。

「死んでもらうぜ」

男は匕首を逆手に持ち替え、栄次郎の首を狙って飛びかかってきた。栄次郎は腰を落とし、相手の胴にぶち当たるように足を踏み込んだ。

栄次郎のほうが素早かった。相手の胴に肩をぶつけるや、胴をつかんだまま足を引っかけて押し倒した。

男は仰向けに倒れた拍子に後頭部を打って呻《うめ》いた。

栄次郎は素早く体勢を整える。

ふたりの浪人が抜き身を下げて迫ってきた。栄次郎は素手での不利を悟った。左手で剣を抜いた。

「右手が使えぬとは不便だな」

ぎょろ目の鬼瓦のような顔の浪人が剣を立てて迫ってきた。栄次郎は左手一本で相手を迎え撃つ。

浪人は振りかぶった。栄次郎は左腕を胴の前にまわし、剣先を右側に持っていった。

相手の剣が振り下ろされた。栄次郎は左手一本の剣を右下から体をまわしながら掬《すく》いあげ、相手の剣を弾いた。

続けざまに相手は八相から攻撃してきた。栄次郎も足を踏み込む。鋭く迫った剣をかわしながら栄次郎は相手の腕を目掛けて剣先を打ち込む。相手もすばやく身を翻した。相手の動きを読んで、栄次郎は相手が体勢を整える前に突進した。栄次郎の素早い攻撃を予期出来ず、相手は棒立ちになって驚愕の目を剝いた。

だが、そのとき、背後からもうひとり浪人が加勢に入った。栄次郎はあわてて背後から襲ってきた剣を振り返りながら弾いた。

新たな浪人はすぐ正眼に構えた。頰骨の突き出た鋭い目付きの男だ。栄次郎も左手一本で対峙する。

「右手はほんとうに使えぬのか」

浪人がきいた。

「無理すれば使えないことはない。だが、この先、使えなくなるかもしれぬので使わぬ」

栄次郎は答える。

「そうか」

ふと浪人は剣を引いた。

「旦那。どうしたんだ?」
二十五、六の男が啞然としてきいた。
「怪我人相手では闘志がわかぬ。俺はおりる。おまえたちでやれ」

「なんですって」

浪人はすたすたと本堂のほうに向かった。もうひとりの浪人もあとを追う。

「茂太はどこだ？」

栄次郎は問いかける。

「おい、引け」

他の三人に声をかけ、一目散《いちもくさん》に逃げだした。

追い掛けようとしたが、右手に違和感を抱いた。右手を使わなかったが、激しい動きの中で知らず知らずのうちに右手首に力が入っていたのかもしれない。

栄次郎は憮然として暗くなった墓地に立っていた。


翌日の暮六つ（午後六時）を大きくまわっていた。

栄次郎は柳森神社の本殿の裏から出て、鳥居の脇に立っている藤吉のそばに行った。

「やはり、来ませんでしたね」

栄次郎は声をかける。

藤吉は昨日の男に、ここで百両を受け渡すように指示されたのだ。昼間、藤吉からその話を聞いたとき、栄次郎は来ないのではないかと思った。

敵の目論見《もくろみ》は栄次郎を倒した上での取り引きだったのだ。しかし、西方寺での襲撃に失敗し、計画の練り直しをせざるを得なかったのだ。

土手下の暗がりで待ち伏せていた新八もやって来た。

「来なかったですね」

新八が残念そうに言う。

「私たちが隠れていると見越し、今回は諦めたのでしょう」

栄次郎も落胆したが、十蔵のことが気になった。

「きのう、十蔵さんはあなたの考えを受け入れてくれたのですか」

「それが……」

藤吉は困惑した。

「ひょっとして、受け入れてくれなかったのですね」

「いえ、少し考えさせてくれと」

「考える……」

栄次郎は首をひねった。

覚悟をつけるまで猶予が欲しかったのか。いや、まさか……。栄次郎ははっとした。

「あなたの感触はいかがでしたか。十蔵さんはわかってくれると思いましたか」

「いや……」

「納得しないと思ったのですね」

藤吉にはお房がいたからもう一度やり直そうという気になったが、十蔵は独り身だ。藤吉の置かれた状況は違う。

それだけでなく、十蔵はせっかく順調にいっている店を失うのは耐えられないだろうし、あまつさえ今さら自訴など出来ないと思ったのではないか。

「藤吉さん。敵からの文はあなたにだけしか届いていなかったのでしょうか」

栄次郎は口にした。

「えっ?」

「確かに最初はあなたしかいなかったから、あなたにだけ文を書いたのはわかります。でも、十蔵さんのことがわかってからも、文を出したのはあなただけだったのでしょうか」

「どういうことですか」

藤吉の声が震えを帯びた。

「もしかしたら、十蔵さんは独自で敵と取り引きを……」

「まさか」

藤吉は目を見開いた。

「まさか、そんな」

藤吉は同じ言葉を続けた。

「きのう話はどんなだったのですか」

栄次郎はきく。

「長五郎の家から盗んだ金ではじめた店がこの先も順調にいくはずない。いつか罰が当たる。今がそのときだから、自訴し、罪を償《つぐな》おうと」

「そのときの十蔵さんの様子は？」

「青ざめた顔で何も言わずに俯いていました。そして、最後に、少し考えさせてくれと言いました」

「そうですか」

栄次郎は憤然とし、

「これから十蔵さんのところに行ってみます」

「これから」

藤吉は怯えたように、

「では、私も」

「いえ、藤吉さんはおかみさんがお待ちでしょうからお帰りください。ともかく、十蔵さんの話を聞いてから今後のことを考えたいと思います」

「はい」

「新八さん。案内していただけますか」

「よございます」

「藤吉さん。明日、お秋さんの家に来ていただけますか」

「わかりました」

「では」

栄次郎は藤吉と別れ、新八の案内で本所石原町にある十蔵の家に向かった。

半刻(一時間)後、栄次郎と新八は『十字屋』に着いて、潜《くぐ》り戸から土間に入った。

十蔵は肚《はら》を決めたような様子で、栄次郎と新八を客間に通した。

「どうやら、私たちの用件がおわかりのようですね」

栄次郎は切り出すと、十蔵ははっきりと頷いた。

「敵と取り引きをしたのですね」

「しました」

「やはり」

栄次郎は愕然とした。

「経緯を教えていただけますか」

「きのう、ここに文が届いたのです。百両払えば、今後一切近寄らない。もし、断れば、五年前のことを奉行所に訴えるという内容でした」

「あなたはそれを一存で決めたのですか」

「その文が届いたあと、藤吉がやって来たんです。藤吉はとんでもないことを言いだした。五年前のことを名乗って出ようと。そんなことをしたって私たちの罪が軽くなるわけではない。遠島になるかもしれない。とうてい聞き入れられませんでした。でも、藤吉は泣いて訴えたので、その場で拒むことは出来ませんでした」

「取り引きはいつだったのですか」

「きょうの暮六つに回向院《えこういん》境内で」

「暮六つに？」

同じ刻限だ。敵は最初から藤吉のほうは諦めていたのか。いや、ふたりから同時に金を得ようとしたのだろう。だが、栄次郎の襲撃に失敗したため、藤吉のほうは諦めたのだ。

「百両、渡したのですね」

「渡しました」

「相手はどんな男でしたか」

「着流しに頭巾をかぶった侍でした」

「侍？」

入谷の定雲寺で襲ってきた饅頭笠の侍を思い出した。

「どんな言葉を交わしたのですか」

「これで二度と関わらないと相手は約束しました」

「二度とというのはあなたに対してですか。藤吉さんにもですか」

「藤吉にもです」

「では、敵は藤吉さんからは金をとれなくてもいいと」

「そのようです」

「相手の正体がわかるようなことは？」

「いえ。何も」

「その侍、ひとりですか。近くに誰かいませんでしたか」

「少し離れた暗がりに男がいました。顔は見えませんでした」

その男が茂太だろうか。

敵は、侍がひとりに茂太、そして藤吉をつけて、さらに栄次郎を襲うように命じた二十五、六の男。あとは金で雇った連中のようだ。あの弥二郎も金で頼まれた口で、仲間とは思えない。

「敵のことで何か気づいたことはありませんか」

「いえ、何も」

十蔵は首を横に振り、

「矢内さま。これでもうすべて終わったのです。矢内さまも、どうかこれで手をお引きください」

「そう言えと、頭巾の侍から命令されたのですね」

十蔵は自分の身を守るために敵に言われたとおりに動こうとしているのだ。

「私はこの店を失いたくなのです。それだけです」

十蔵は厳しい顔で答えた。

栄次郎はこれ以上かける言葉はなかった。

やりきれない思いで、栄次郎は十蔵の家を辞去した。

四

翌朝、朝餉が済んで居間に戻ったとき、藤吉のもとに女中がやって来た。

「旦那さま。『十字屋』の十蔵さまがいらっしゃいました」

「わかった。客間に通しておくれ」

「はい」

藤吉は煙草盆《たばこ》を引き寄せ、煙管《キセル》に刻みを詰めた。

火を点《つ》けて、目を細めて煙りを吐く。昨夜、新八が十蔵の家の帰りに寄ったのだ。

その話を思い出し、重たい気持ちになった。

灰を灰吹に落としてから、ようやく藤吉は立ち上がった。

客間に行くと、十蔵が硬い表情で待っていた。

「なんだね、こんな早くに」

思わず、藤吉は突慳貪《つっけんどん》な口調になった。

「藤吉。大事な話があるのだ」

「なんだ」

藤吉は真正面から十蔵の顔を見つめた。十蔵は目をそむけるように俯いた。

「どうしたんだ？」

「じつは」

十蔵は顔を上げた。

「昨夜、敵に百両払った」

「………」

新八から聞いていたが、十蔵から直《じか》に聞き、藤吉は声を失った。

「十蔵、おまえは……」

「俺はあの店を失いたくないのだ。今の暮らしを守っていきたいんだ」

「十蔵。あんな金でつかんだ仕合わせなんていつまでも続きはしない。いつかしっぺ返しを食うんだ」

「藤吉。俺には好きな女がいるんだ。所帯を持つ約束をしている」

「だったらよけい罪を償って……」

「そんなに簡単に罪を償うっていうが、自訴したとして、どんな裁きになると思うんだ。おそらく遠島だ」

「………」

「ずっと島暮らしかもしれねえ。そうなってもいいのか。島送りになったら、もう二度と江戸の地を踏めない。おかみさんとも会えなくなるんだ」

「遠島にはならない。お上《かみ》にもご慈悲がある」

「そんなこと、当てになるか」

十蔵は吐き捨てた。

「だが、このままではだめだ」

「そんなことはない。向こうは百両でこれ以上何も求めないと約束したんだ」

「それこそ当てになるものか。その百両が尽きたとき、また強請りに来る。おまえだって、最初はそう言っていたではないか」

「そんなことはない、相手の侍が約束してくれたんだ」

十蔵の声は弱々しくなった。

「そんな約束、当てにならない」

「藤吉。百両は俺が払った。おまえから半分もらおうと思わない。これで片がつくんだ。だから、奴らのことは忘れよう」

「奴らは忘れない。いつかまた現れる」

「そのときははっきり断ればいい。それこそ、そこで自訴すれば」

「それじゃ遅い。手遅れだ」

「じゃあ、どうするのだ？　自訴するのか」

「強請りの連中を捕まえてからだ。正体もわからないあの連中がのうのうと生きているると考えただけでおぞましい。それに、あの連中が何か他のことで捕まったとき、五年前のことをふと口にするかもしれない。そんなことを考えたら、落ち着いて暮らしていけるか。毎日、びくついて生きていかなきゃならない」

「考えすぎだ。ともかく目の前の危機を乗り越えることが先決だ」

「十蔵のほうはそれでひとまず片がついたかもしれないが、俺のほうからはまだ金をとろうとするはずだ」

「それもしないと約束してくれたんだ」

「十蔵。益三は奴らに殺されたのだ。益三の仇をとってやらないのか」

「…………」

「ともかく、奴らをこのままにしてはおけない。矢内さまが……」

「藤吉。矢内さまに手を引いてもらうのだ」

「なに」

「矢内さまが手を引けば、もう俺たちの前に二度と現れないと約束したんだ。それに、もし奴らが捕まったら、俺たちのことが明るみに出てしまう。今回のことは悪夢を見たと思って忘れよう」

十蔵は額を畳につけて、

「藤吉。このとおりだ。俺の頼みを聞き入れてくれ。今の暮らしを捨てたくないのだ」

「十蔵」

藤吉は啞然とした。

いつも強気で自信に満ちていた男が哀願している。このような十蔵の姿を見るのははじめてだ。

小間物の行商の途中、不忍池の辺《ほとり》で休んでいると、天秤棒を担いだ十蔵が近くにやって来て、荷を下ろした。そして、煙草を吸いはじめた。

「いつもここで休んでいるな」

煙管を片手に、十蔵のほうから声をかけてきた。

「ここにいると気が休まるんだ」

藤吉が応じると、

「俺もだ」

と言い、十蔵は続けた。

「いくら働いても先が見えない毎日だ。でも、ここで池の蓮や寛永寺《かんえいじ》の五重塔を眺めていると、もう一度頑張ろうって気になるんだ」

十蔵は若々しい目を輝かせた。そのとき、まだお互い二十歳だった。

はじめて言葉を交わしたが、同じような境遇ですっかり意気投合した。それからは、たびたび池の辺で会っては夢を語り合った。

「俺は店を持ちたいんだ」

「俺もだ」

最初は小さい店でも、やがて大店にと、ふたりで熱く語り合った。だが、三年、四年と時が流れてもふたりの置かれた状況は変わらなかった。

やがて、ふたりは現実を思い知らされた。いくら行商で朝から晩まで頑張ったところで稼ぎはたかが知れている。雨や風の日、雪が降れば商売も出来ない。だんだん夢を語るより、愚痴《ぐち》が多くなってきた。

「真面目《まじめ》にこつこつ働いたって金は貯まらねえ。この調子じゃ、店を開く元手が出来るまであと十年はかかる。それもずっと働きづめでだ」

あるとき、十蔵は暗い顔で言った。

「このまま歳だけとっていくしかねえんだな」

疲れていて、藤吉は励ます元気を失っていた。お互いにただ慰め合うだけになっていた。そんなふたりに転機が訪れたのだ。

藤吉ははじめて好きな女の話をした。金貸し長五郎の餌食《えじき》にかかろうとしているお房を助けたいと言うと、十蔵は我が事のように真剣に考えてくれたのだ。

苦労の果てにつかんだ仕合わせだ。店を持つという夢が叶って五年。十蔵の店もどんどん飛躍していった。

その店を失うことは五体を引きちぎられるほどの苦痛だ。十蔵の気持ちは痛いほどわかる。

「俺だって今の暮らしを捨てたくない」

藤吉はぽつりと言った。本音だ。

ただ、あの連中がのさばっている限り、毎日びくついて生きていかなければならないのだ。

百両を手にしたとはいえ、相手に仲間は何人かいる。一人頭にしたら十両から二十両だ。派手に遊べばすぐに底をつく。

また、強請りにかかることは目に見えている。

「十蔵。こうしよう」

藤吉は心に決めたことを口にする。

「今回はおまえの言うことを聞く」

「ほんとうか」

十蔵は顔を上げた。

「その代わり、今度また強請ってきたら、それまでだ。自訴するのだ」

「……………」

「奴らは二度と現れないと約束したそうだな。十蔵が信じているとおりだったら、これから何事もないはずだ。だが、また強請ってきたら、これからもずっと続くと思わなければならない。骨の髄までしゃぶられるなら自訴したほうがましだ」

「わかった。そうしよう」

十蔵は愁眉《しゅうび》を開いたように大きく頷いてから、

「矢内さまのことはどうするのだ？」

と、きいた。

「奴らが俺たちに近付いてこなければ、矢内さまとて何も出来ないんだ。だから、矢内さまのことは奴ら次第だ」

「そうだな」

十蔵は納得したようだった。

「茶でもいれよう」

「いい、店に戻る」

「そうか。それより、益三殺しの探索はどうなっているのだ？　段平親分はなんと言っているんだ」

「益三が入谷に行った理由もわからず、お手上げのようだ。強請りのことを知らなきゃ、満足な探索は出来ないからな」

十蔵は表情を曇らせ、

「じゃあ、俺は引き上げる」

と、立ち上がった。

十蔵を見送って、居間に戻った。

濡縁《ぬれえん》に出て、庭を見る。萩の花の色が薄くなったような気がする。そろそろ見頃が過ぎる頃だろうか。

十蔵はあの店を守るために必死なのだということがわかった。好きな女子がいることも。お房といっしょになれたのも十蔵の力があってのことだ。今度は俺が十蔵を守らねばならない。

昼過ぎに、藤吉は浅草黒船町のお秋の家にやって来た。

二階の部屋で、栄次郎と差し向かいになった。

「今朝、十蔵がやって来て、取り引きしたことを話してくれました」

藤吉は十蔵とのやりとりを話してから、

「矢内さま、お願いです。この件から手を引いていただけませんか。矢内さまが手を引けば、奴らは私たちの前にもう現れないと言ったそうです」

「信じるのですか」

「信じようと思います」

藤吉はきっぱり言った。

栄次郎は唖然とした顔で藤吉を見た。

「その代わり、もし、奴らが現れたら、そのとき改めて自訴すると十蔵も誓ってくれました。ですから、今回はこのまま……」

「おかみさんと話し合って決心したことを反故《ほご》にするつもりですか」

「十蔵も大事な友なのです」

藤吉はため息をついて言う。

「私もこのまま済むとは思っていません。奴らは、金がなくなればまた強請ってくるに決まっています。そのときは十蔵とともに……」

「そのときになれば十蔵さんもまた気が変わりましょう。今回のように、取り引きをして延命を図ろうとするのではないでしょうか」

「………」

「根元を断たなければ、同じことの繰り返しだと思います」

「また、強請られたら、十蔵がなんと言おうと、私が自訴します」

藤吉は悲壮な決意を示した。

「そうですか。わかりました。そういう考えがいいとは断じて思っていませんが、あなた方が決めたことに私は逆らうつもりはありません」

栄次郎は素直に答えた。

「勝手にお頼みしておきながら恐縮ですが、よろしくお願いします」

「もし、相手がまた何か言ってきたら、すぐに知らせていただけますか」

「もちろんです。では、これで」

藤吉は答え、腰を上げた。

お秋の家を出て、蔵前通りに入ったとき、背後からひとが近付いてくる気配がして、藤吉は立ち止まった。

「あっ、親分さん」

振り返ると、岡っ引きの段平だった。

「親分さん。どうしてここに？」

「じつはな、入谷で殺された男を御厩河岸の渡し場で見かけたという者がいたんだ。それで、付近を聞き込んでいたら、おまえさんを見たってわけだ」

「わざわざ、追い掛けていらっしゃったんですか」

藤吉は警戒してきく。

「うむ。おまえさん、黒船町の家から出て来たようだが、知り合いなのか」

「ええ、まあ」

「どんな知り合いなんだ？」

「お客さんです。一度、お買い上げいただいた品物を届けてから……」

「そうか」

「親分さん、入谷で殺された男の探索はいかがですか」

藤吉は探りを入れてみた。

「身許は石原町にある『十字屋』の奉公人だとわかったんだが……」

段平は首を横に振り、

「下手人の見当がつかねえ。『十字屋』に奉公する前は賭場に出入りをしていたそうなので、そっち絡みでも調べはじめたが、まったく手応えはねえ。残念だが、お手上げというしかねえ」

「そうですか」

「呼び止めてすまなかった」

段平はそう言い、その場から引き返して行った。

藤吉は段平を見送りながら、益三殺しの下手人はこのまま挙がらずに終わりそうだと思った。あとは十蔵がちゃんと供養してやるしかない。

藤吉は神田佐久間町に急いだ。このまま強請りが終わるかもしれないが、連中の正体がわからないことに藤吉も気を重くしていた。

五

栄次郎は藤吉が引き上げたあと、やりきれない思いでいた。まさか、藤吉が十蔵に説き伏せられるとは思わなかった。

ふたりの気持ちと関わりなく、栄次郎は強請りの連中の正体を突き止めずにこのまま引き下がるわけにはいかなかった。

入谷の定雲寺で襲われ、また今戸の西方寺でも襲撃された。そして、益三を殺し、百両を脅し取った連中だ。許してはおけない。栄次郎は改めて自分自身に言い聞かせたが、連中を探す手立てを狭められたのは事実だ。

もはや、連中は藤吉にも働きかけはしてくるまい。栄次郎が唯一顔を見ている二十五、六の男もしばらくはどこかに隠れるだろう。

唯一の手掛かりは茂太だ。おそらく、中心にいるのは十蔵から百両を受け取った頭巾の侍と茂太だ。

頭巾の侍が入谷の定雲寺裏で襲ってきた饅頭笠の侍と同一人物か別人かわからないが、もし別人だとしたら、頭巾の侍の手の者であろう。

いずれにしろ、手掛かりは茂太だけだ。

新八がやって来るのを待って、栄次郎は田原町の仕事師大五郎の家に向かった。

壁に大小の鳶口や刺股、大槌などの火消し道具がかかっている広い土間に入って、新八が半纏姿の男に声をかける。

「すまねえ。金助さんを呼んでもらいたいんだが」

「ちょっと待ってくれ」

男が奥に向かった。すぐに、三十過ぎの細身の男が出て来た。

「また、あんたらか」

金助は顔をしかめた。

「すまねえな。どうしても茂太に会いたいんだ。居場所がわからねえか」

「深川じゃねえのか」

「深川にいなかった」

「ほんとうか」

「門前仲町界隈の地回りの連中にきいてまわったが、みな茂太を知らなかった。大柄で眉に傷がある男だ。いたら、覚えているはずだが、みな知らないと言った」

「それじゃ、知らねえな」

金助は首を横に振った。

「どうして深川にいると思ったのですか」

「奴は、深川に知り合いの女がいると言っていたんだ。長五郎が死んだあと、女のところに転がり込むと言っていた」

「女の名は？」

「知らないね」

「どこの女だ？」

新八がきく。

「知らねえ」

金助は突慳貪《つっけんどん》に言う。

やはり、金助はほんとうに知らないようだ。

「すみません。お邪魔しました」

栄次郎が礼を言い、引き上げようとしたとき、金助があっと声をあげた。

「何か」

栄次郎は金助を見る。

「思い出したぜ。長五郎の家にいた通いの婆さんと半年ぐらい前に新黒門町でばったり会ったんだ。婆さんは長五郎の家の近くの長屋に住んでいたんだ」

金助は続けた。

「俺を覚えていて声をかけてきた。そしたら、茂太と会ったとか言っていた。俺は別に知りたくもないから聞かなかったが、あの婆さんなら知っているかもしれねえぜ」

「婆さんの名は？」

「お竹《たけ》だ」

「よく思い出してくれました」

栄次郎はもう一度礼を言い、新八といっしょに土間を出た。

田原町から稲荷町を経て上野山下から下谷広小路に出て新黒門町にやって来た。

金貸し長五郎の家の近くにある長屋を訪ね、お竹の住まいを探し当てた。

お竹の住まいの前に立って戸を開けようとしたとき、木戸から婆さんがやって来た。手に風呂敷包みを持っている。買物から帰ってきたようだ。

婆さんは栄次郎と新八の前で立ち止まった。

「なんだえ、そこは私の家だよ」

婆さんが皺に浮いた顔を歪めて言う。

「お竹さんですか」

栄次郎は確かめる。

「あんたら何だね」

「私は矢内栄次郎と申します。こちらは新八さん」

「あたしに何か用かえ」

「あなたは五年前まで金貸し長五郎の家に通いで行っていましたね」

栄次郎がきく。

「そうだったね」

お竹は他人事《ひとごと》のように言う。

「長五郎のところに、取り立ての金助と茂太というふたりの男がいましたね」

「ああ、覚えている」

「金助さんから聞いたのですが、茂太さんと会ったことがあるそうですね」

「ああ、あるよ」

「どこで会ったのですか」

「亀戸天満宮《かめいどてんまんぐう》の前さ」

「いつですか」

「半年前だね」

「茂太は何をしていたんです？」

「相変わらず、強面《こわもて》で、辺りを睨みつけながら歩いていたね」

「お竹さんはどうしてそのとき亀戸に？」

「娘が亀戸町の職人のところに嫁いでいるのさ。それで、たまに行くのさ。娘の亭主はやさしい男でね、いっしょに住まないかと言ってくれるんだけど」

「お竹さん」

新八が苦笑して口をはさむ。

「茂太と言葉を交わしたのかえ」

「いや。あたしは金助とは話したけど、茂太とは口をきいたこともないよ」

「なぜ？」

「眉のところに傷があって無気味な男だからね。すぐかっとなる気性で、私は嫌いだったね。懐手してずいぶん威張っている様子だった」

「ひとりだったのかえ」

「女といっしょだった。あれは女に食わしてもらっているに違いないよ」

「どんな女か覚えてないか」

「色っぽい女だった。料理屋で働いている女だね」

その後、いくつかきいたが、特に目ぼしい話はなかった。

お竹と別れ、長屋を出てから、

「茂太は亀戸にいたのかもしれませんね」

「確か三次が亀戸では？」

「そうです。亀戸天神裏に住んでいます」

「茂太を知っているかもしれませんね」

「ええ。行ってみましょう」

栄次郎と新八は亀戸を目指した。


半刻（一時間）あまりのち、亀戸天神までやって来た。この先に萩寺があってそっちに向かうひとも多かった。

萩寺の萩は今が盛りのようだった。

栄次郎と新八は亀戸天神の横手にあるいかがわしい店や呑み屋などの前を通って、裏手に幾つか並んでいる小さな家の前に立った。

「ここです」

新八は戸を開けて、中に呼びかけた。

若い女が出て来た。

「三次さん、いらっしゃいますか」

新八はきく。

「出かけてますよ」

気だるそうに言い、若い女が夜にならないと帰らないと答えた。

「今時分はどこにいるかわかりませんか」

「さあ」

栄次郎と新八は三次の家を出て、裏門から亀戸天神の境内に入った。そこは本殿の裏手で、表に行くと露店などが出ている。

三次はこの界隈の露店の用心棒のようなことをして稼いでいるのだろう。そう思いながら、地回りらしい男を探して境内をまわった。境内には猿回しやひとり芝居などの大道芸人が出ていた。

「いません」

新八が答えた。

それから法恩寺《ほうおんじ》のほうに足を向けた。すると、法恩寺の山門の横に出ている露店の前に立っている地回りがいた。二十七、八歳の細身の男だ。

「元締の許しを得ないで勝手に商売されちゃ困るんだ」

男が露店の亭主に強い口調で言っている。

「あの男が三次です」

新八が耳打ちした。

三次は露店の亭主から金を受け取っていた。

「三次さん」

新八は近付いて声をかけた。

「誰だい、おまえさんは？」

三次は精悍な顔をしかめてきく。

「忘れたのかえ。ほら、藤吉と十蔵から頼まれた仕事を断ったとき、そのわけをききにきた新八ですよ」

「…………」

「思い出してくれましたかえ」

「なんですかえ。話すことはありませんぜ」

「いや、あのことはもういい。じつは茂太という男を探しているんだ。五年前にこっちに来たはずだが」

「…………」

「どうやら知っているようだな」

「あっちへ行こう」

そう言い、三次は横川《よこがわ》のほうに向かった。栄次郎と新八はついていく。

法恩寺橋の袂《たもと》から川っぷちに出て、

「なんで俺が茂太を知っていると思ったんだ？」

と、三次がきいた。

「茂太はこの界隈にいたらしい。同じ遊び人だ。顔ぐらい合わせているだろう」

「…………」

「どうなんだ？」

「そうだ」

三次は認めた。

「仲間か」

「まあな」

「茂太は今どこにいる？」

「知らねえ」

「知らない？」

「確かに二か月前までこの地にいた。ちょっとしたことで香具師《やし》の男と喧嘩になった。喧嘩っ早い野郎だった。相手に怪我をさせ、ここにいづらくなって出て行った」

「行き先は？」

「わからねえ」

「女がいたはずだが」

「お峰《みね》だ。そのお峰に男が出来て、どこかへ行ってしまったんだ。茂太はふたりを探しまわっていたがみつからず、酒びたりになっていた。虫の居所が悪かったのか香具師の男につっかかっていったんだ」

「喧嘩がもとで出て行ったのか」

「そうだろう」

「喧嘩の相手に会うことは出来ませんか」

栄次郎は口をはさんだ。

「喧嘩の相手ですかえ。いいですが」

三次はあとについて来てくれと言い、亀戸天神の参道に戻った。飴売りの男がいた。

「いいかえ」

三次は男に声をかけた。

「こちらさんが茂太を探しているそうだ。ちょっと話を聞いてやってくれ」

「茂太を……」

飴売りの男は顔をしかめた。

「茂太さんと喧嘩になったそうですね。なぜ、喧嘩に？」

「二か月あまり前、あっしは助っ人で湯島天神で露店を出していたんです。そこで、茂太の女だったお峰と逃げた恒吉《つねきち》という男を見かけたんです。それで、ふたりのあとをつけて住まいを見つけたんですよ」

「どこですか」

「下谷です。下谷坂本町《さかもとちょう》四丁目です」

「入谷の近くですね」

栄次郎ははっとした。

「ええ。それで茂太に、おまえの女が男と湯島天神で仲良く歩いていたからふたりのあとをつけて居場所を探してやったぜと言ったら、いきなり首を絞めてきて、早く教えろと。あっしも乱暴な振舞いに頭にきて一両で教えてやると言い返したんです。それで、殴り合いに」

「それで、居場所を教えたのですか」

「翌日、奴が詫びてきたので教えてやりました。それから、茂太は帰っていません。女と縒《よ》りを戻したのかどうか……」

「女の家は下谷坂本町四丁目のどこですか」

「『亀屋《かめや》』という荒物屋の二階に間借りしていました」

「『亀屋』ですね」

栄次郎は香具師の男に礼を言って、その場を離れた。

「行ってみましょう」

栄次郎が言うと、新八も勇んで応じた。


下谷坂本町四丁目にやって来たとき、上野寛永寺の鐘が暮六つ（午後六時）を告げていた。『亀屋』はちょうど年寄りの亭主が雨戸を閉めるところだった。

「もし」

新八が声をかけた。

「こちらにお峰さんが間借りをしていると聞いたのですが」

「ええ。そうですが、おまえさま方は？」

「あっしらはお峰さんの元の亭主の知り合いの者でして」

「そうですか。お峰さんはこの先の沼の辺《ほとり》にある料理屋で働いています。もうお出かけになりました。お帰りは遅いと思います」

「五つ半（午後九時）頃ですか」

「はい、だいたいその頃になります」

明日出直そうと、栄次郎は思い、

「恒吉さんはごいっしょですよね」

と、きいた。

「恒吉さんですか。ご存じじゃありませんか」

「どういうことですか」

「恒吉さんはお亡くなりになりました」

「えっ?」

「酔っぱらって湯島天神の男坂で足を滑らせて落っこちたそうです。打ち所が悪く、亡くなったそうです。お峰さんは、なぜあんな夜に湯島天神まで行ったのか、不思議がっていました」

ほんとうに事故なのか。茂太が関わっているのではないか。栄次郎はますます茂太への疑いを深めていった。

第四章　現れた男

一

翌日の朝、栄次郎と新八は下谷坂本町四丁目に改めてやって来た。

荒物屋の『亀屋』を訪ねる。年寄りの亭主がすぐにお峰に知らせ、お峰はふたりを二階の部屋に招じた。

お峰は勝気そうな目をした女だった。

ふたりはそれぞれ名乗ってから、

「私たちは茂太さんを探しているのです」

と、栄次郎が口を開いた。

「知らないわ」

お峰は突き放すように言った。

「あなたは三か月前まで本所で茂太さんと暮らしていたんですね」

「そうよ」

「ところが、恒吉さんとふたりで姿を消したということでした」

「あの男は焼き餅焼で、何か気に入らないことがあるとすぐに手を上げる。恒吉さんは私に同情してくれたのよ」

「茂太さんとはどういう関係だったのですか」

「私が深川で料理屋の女中をしているときの客よ。いっしょになって、下谷に越したけど、仕事がなくなって私がまた働きに出なくてはならなくなって。それで、亀戸に行ったのさ」

「亀戸天神近くの料理屋で働いていたのですか」

「そう。そこで、客の恒吉さんと仲良くなって」

お峰はため息をついた。

「茂太は働かず、私が稼いだ金で、中間《ちゅうげん》部屋で開かれている賭場《とば》に出入りをして。いつも別れたいと思っていたの。だから、恒吉さんの誘いについ」

「恒吉さんは何をしていたのですか」

「流れ歩いている香具師よ。一年ぐらい前から本所の元締のところで世話になっていて、ちょくちょくお店に顔を出すようになって」

「恒吉さんとふたりでここに逃げて来たというわけですか」

「そうよ。でも……」

「茂太が現れたのですね」

「いえ」

「現れたのではないのですか」

「すぐには現れなかったわ。ただ、変な男が様子を窺っていると、ここのご主人が言っていただけ。私たちの前には顔を出さなかった」

「なぜ、現れなかったんでしょう」

新八が口をはさんだ。

「ふつうだったら、まっさきにふたりのところに乗り込んでくるはずですが」

「恒吉さんは事故でお亡くなりになったそうですね」

栄次郎が切り出す。

「はい」

お峰は暗い顔をした。

「湯島天神の男坂から足を滑らせたと？」

「そういうことになっています」

「あなたは突き落とされたのだと思っているのですね」

「………」

「そのあと、茂太は？」

「現れたわ。縒《よ》りを戻そうとね。冗談じゃないって、きっぱりと断った」

「なぜ、ですか」

「それはもう茂太に未練がないから」

「それだけではなく、恒吉さんの死は茂太の仕業ではないかと……」

「茂太に決まっているわ」

お峰は顔をあげた。

「そのことを奉行所には？」

「天神下の段平親分に訴えたわ。でも、証がなく、捕まえることは出来ないって言われたわ」

「その後、茂太は一度も顔を見せていないのですか」

「そうよ」

「なぜ、あなたの前に現れないんでしょう」

「恒吉さんを殺した負い目があるんでしょうよ。それに、私がそのことを許すとは思っていないんでしょう」

「ほとぼりが冷める頃、あなたに近付いてくるかもしれませんね」

「冗談じゃないわ。あんな奴」

「茂太の奴。どこに行きやがったんだ」

新八が顔をしかめて言う。

「段平親分は、一応は茂太を取り調べたのですね」

栄次郎は確かめる。

「ええ。そうです」

「段平親分は茂太の居場所を知っているかもしれませんね」

栄次郎はそこに期待を持った。

「少なくとも、取り調べているわけですからね」

新八も応じる。

お峰に礼を言い、栄次郎と新八は階段を下り、『亀屋』を出た。

ふたりは入谷町に向かい、定雲寺の裏手にやって来た。

「益三はここまで顎の尖った男をつけてきたんです。茂太の隠れ家はこの付近にあるはずです」

「栄次郎さんもここで饅頭笠の男に襲われたのですね」

「そうです。かなりの使い手でした」

「十蔵から百両を受け取った侍と同一人物でしょうか」

「なんとも言えません。十蔵の話から受ける感じは落ち着きはらった年配の男のように感じられますが、饅頭笠の侍の動きは機敏でした」

「では、敵に侍がふたりいると?」

「ただ、西方寺で襲ってきた相手は明らかに金で雇われた連中でした。饅頭笠の侍も金で雇われたのかもしれません」

「十蔵と侍の結びつきはなんでしょうか」

「そこがわかりません」

栄次郎と新八は定雲寺の表にまわった。

山門の前の茶屋を見て、栄次郎はあっと声を上げた。

「どうなさいましたか」

新八が驚いてきいた。

「唐傘を借りっぱなしでした」

　栄次郎は茶店に入って、婆さんに声をかけた。

「先日の雨のとき、傘を借りたままになっていました。すみません。今度持って来ますので」

「あのときの……。いいんですよ、あの傘はお客さんがいらないからと置いていったものですから」

「でも」

「ほんとうにいいんですよ」

「栄次郎さん。せっかくですから甘酒をいただいていきましょうか」

　新八が気を利かして言った。


　茶屋で甘酒を呑んでから天神下の段平の家に行ったが、段平は外出していた。新八が各町の自身番に行き、段平が顔を出したかをきいてまわり、ようやく池之端仲町《いけのはたなかちょう》の自身番から出て来た段平と会うことが出来た。

「おまえさん方は？」

　段平が眉根を寄せた。

「へえ、先日はどうも」

新八が会釈をする。

「親分。ちょっと教えて欲しいんですが」

新八が切り出す。

「金貸し長五郎のところで借金の取り立てをしていた茂太を探しているんです。親分は知らないかと思いまして」

「茂太？　知らねえな」

「男坂から足を滑らせて墜落して死んだ恒吉のことで、親分は茂太から話を聞いたそうですね」

「恒吉のこと？　どうしておまえさんたちがそんなことに首を突っ込むんだ」

段平が怪訝そうにきいた。

「茂太の行方を探していたら恒吉とお峰に行き着いたんです。そしたら、恒吉が事故死したという。茂太が疑われるのは当然ですよね」

段平は眉根を寄せ、

「どういうわけで茂太を探しているのかわからねえが、確かに恒吉殺しの疑いで茂太を取り調べた」

「茂太の住まいはわかっていたのですか」

「探した。大名屋敷の中間《ちゅうげん》部屋に匿《かくま》われていた」

「どなたのお屋敷ですか」

「下谷にある舞鶴《まいづる》藩の神崎《かんざき》さまのお屋敷だ。ここは以前から中間部屋で賭場が開かれているんだ。以前も茂太は出入りをしていたんだ」

「どうだったのですか」

「極めて疑いは強かったが、これといった証はなかった」

「疑いというのは？」

「恒吉がひとりで湯島天神に行くことは考えられないと、お峰が言っていた。茂太に誘われたとしか考えられないと言うのだ。それで、調べると、茂太と恒吉らしいふたり連れが湯島天神門前町にある呑み屋で酒を酌み交わしていたことがわかった。だが、亭主は似ていると言っていたが、ほんとうに茂太と恒吉かどうかはっきりしない」

「…………」

「それから、恒吉の後頭部の陥没は殴られた跡のようだった。だが、これも転がり落ちたときの傷だったかもしれない」

「それで、茂太はシロだということになったのですか」

「そうだ。ただ、今後、お峰に近付くと、復縁を願ったおまえが恒吉を殺したと思われると言ったせいか、どこかに姿を晦《くら》ましてしまった。とくに下手人ではないので放ってあるが……」

「そうですか」

「で、おまえさんたちはどうして茂太を探しているのだ？」

段平は鋭い目を向けた。

「いえ。探してくれるように頼まれたんです」

新八が答える。

「ほう、なぜだ？」

「いえ、別にたいした理由があるわけじゃありません。それより、入谷の殺しはどうなりましたんで？」

「さっぱりだ。おそらく、下手人は挙がらないかもしれねえ」

段平は自嘲ぎみに呟いた。

「旦那が来た。もういいな。これから町廻りの続きだ」

段平は栄次郎の背後に目をやって言った。

振り返ると、若い同心が近付いて来た。金貸し長五郎が殺された事件が起こったときの同心蓮見常五郎が病気で三年前に定町廻りを外れた。その後に就いたのがこの同心だ。坂崎新之助《さかざきしんのすけ》という名だ。

栄次郎と新八は段平と別れ、舞鶴藩神崎家の上屋敷に向かった。

神崎家の上屋敷は三味線堀《しゃみせんぼり》の近くにある。栄次郎も杵屋吉右衛門の家に行く途中に、その前を通ったこともあった。

その上屋敷の前を素通りし、裏にまわった。裏口があったので新八が近付いた。戸は鍵がかかっていた。

夜に賭場が開かれれば、この裏口から客は出入りをするのに違いない。中間《ちゅうげん》が出て来る気配はなかった。

ふたりは上屋敷から離れた。

「夜になったら客の振りをして中に入ってみます」

新八は言う。

「すみませんが、お願いします。それから、ちょっと外から『千扇堂』の様子を見てきていただけませんか。何もないと思いますが」

「わかりました。では」

新八は言い、栄次郎と別れて行った。

その後、栄次郎は元鳥越町にある師匠の家に寄った。

土間にはいくつかの履物があって、近所の隠居や大工の棟梁《とうりょう》が稽古の順番を待っていた。栄次郎を見て、隠居が声をかけた。

「吉栄さん。手を傷《いた》めたんですって」

「はい。まだ、使えません」

「それは困ったね」

「無理しないほうがいいですぜ」

棟梁が口をはさんだ。

「あっしの知り合いもやったんだが、使わずにいたら治ったそうです」

「使わないようにしているのですが」

「添え木を当てて包帯をして動かさないようにしたほうがいいんじゃないですか」

「それがいいのでしょうが」

母や兄が心配するといけないので、包帯をしなかったのだ。

三味線の音が止んだ。稽古が終わったようだ。

「栄次郎さん、師匠と話があるのでしょう。お先にどうぞ」

ふたりが譲ってくれた。

「すみません。お言葉に甘えて」

栄次郎は稽古を終えた商家の内儀さんと入れ代わって師匠の前に行った。

「師匠、申し訳ございません。なかなか治りきらなくて」

見台の前に座って、栄次郎は経過を話した。

「そうですか」

師匠は落胆し、

「あと五日待ちましょう。それでもだめなら、今度の市村座は他の方に……」

「はい」

栄次郎は無念だった。せっかくの大舞台を……。

「ここで無理して、この先に影響を及ぼしてもいけません」

「はい」

「五日後にまた様子をお知らせください」

師匠は厳しい顔で言った。

「わかりました。よろしくお願いいたします」

栄次郎は頭を下げて師匠の前から下がった。

師匠の家から栄次郎はお秋の家に行った。

二階の部屋に入ると真っ先に三味線に目がいった。そして、思わず右手首を見る。手を結んで開いてみる。痛みはない。少しひねる。だいじょうぶだ。

だが、この前のように手首を使えばいっきに痛みがぶり返す恐れは強かった。

栄次郎は三味線を抱え目を閉じる。そして、頭の中で撥《ばち》を振り、左手は実際に動かした。長唄の『越後獅子《えちごじし》』を想定し、頭の中で振る撥に合わせて左手の指は糸の勘どころをちゃんと押さえていく。

それを何度も繰り返していくうちに部屋の中は暗くなってきた。お秋が行灯《あんどん》に灯を入れた。今夜は崎田孫兵衛がやって来る日だった。

その孫兵衛がやって来て、栄次郎は居間に行った。すでに、孫兵衛はくつろいでいた。

「崎田さま。ちょっとお伺いしたいことがあるのですが」

「またか」

孫兵衛は顔をしかめたが、

「なんだ」

と、栄次郎を促した。

「金貸し長五郎の家の押込みの件です。下手人の兵助は最期まで口を割らずに、盗んだ金も見つからなかったことがずっと気になっていたということでしたね」

「それがどうした？」

「こういったことは考えられないでしょうか」

栄次郎は孫兵衛の不審そうな顔を見つめながら、

「あの夜、長五郎の家にもうひとりの盗っ人が入ったのです。その盗っ人は忍び込んで長五郎が死んでいるのを見つけ、あわてて金を奪って逃げた」

「ふたりがほぼ同時に侵入したというのか。ばかばかしい」

孫兵衛は一蹴した。

「でも、そう考えれば金が見つからなかったわけが説明つきます」

「金は兵助がどこかに隠したのだ。だが、兵助は死んでしまい、金もそのままになってしまった」

「すると、仮に何者かが長五郎の家から金を盗んだと自訴してきても奉行所としては信用するわけにはいかないと……」

「当然だ。いくら、当人が盗んだと言い張っても、誰が見てもそうだと思える証があるわけはない」

「仰《おっしゃ》るとおりです。安心しました」

栄次郎はほっとして頷いた。

「崎田さま。ありがとうございました」

栄次郎は礼を言って立ち上がった。

「なんだ帰るのか」

「はい」

「せっかく酒を酌み交わそうと思っていたのに」

孫兵衛は心底残念そうに言った。

「すみません」

孫兵衛に詫び、お秋に見送られてすっかり暗くなった外に出た。

新堀川《しんぼりがわ》を渡り、下谷七軒町《しちけんちょう》の武家地に差しかかった。気配を消しているが、つけている者がいる。

栄次郎は御徒町の小禄の武家屋敷地に入ったとき、ふいに門が開いていた屋敷の庭に飛び込んだ。そこでじっと息を凝らして待つ。

やがて、影が迫ってきて、目の前を素通りして行った。饅頭笠の侍だ。今は剣を交えることは出来ない。あの侍は左手一本で闘える相手ではない。

男をやり過ごしてから栄次郎は門を出て、別の道を通って下谷広小路に出た。いつもの湯島切通しを行くと、待ち伏せているかもしれず、別の道に遠まわりをして本郷の屋敷に帰り着いた。

二

翌日の昼前、須田町の『彫辰』から『千扇堂』に荷が届いた。

錺《かざり》職の辰蔵親方に頼んでいた蜻蛉《とんぼ》模様の透かし彫りの平簪《ひらかんざし》が仕上がって、定吉という若い職人が運んで来たのだ。

当初、定吉が強請りの仲間ではないかと邪推もしたが、話してみると気のよさそうな若者で、悪い連中の仲間とは思えなかった。

「ごくろうだった。茶でも飲んでいったらいい」

藤吉はいたわるように言う。

「いえ、仕事が待っていますので」

「そうか、ごくろうだった。これ、気持ちだ」

藤吉は懐紙に包んだ銭を定吉に握らせた。

「旦那。とんでもない」

「いいからとっておきなさい。辰蔵親方にはいちいち言う必要ないからね」

「へえ、ありがとうございます」

定吉は押しいただいた。

定吉が引き上げたあと、藤吉は番頭に命じてさっそく店に並べさせた。

昼餉をとったあと、藤吉は下谷広小路にある得意先に出向くために店を出た。御成《おなり》道《みち》に出たとき、

「藤吉さん」

と、背後から声をかけられた。

藤吉は瞬間、心ノ臓を鷲掴みされたような衝撃を受けた。

立ち止まった藤吉の前に回り込んだのは、手拭いを頭からかぶった大柄な男だった。

「誰ですか」

藤吉はやっと声を出した。

「以前、内儀さんにも会いましたぜ。まさか、あのお房さんと所帯を持っていたとは驚いたぜ」

「えっ?」

藤吉は手拭いで覆った顔を見ようとした。すると、それに合わせたように、男は手拭いをとった。

右の眉のところに斬られ傷があった。

「あんたは茂太……」

「そうだ。金貸し長五郎のところで取り立てをしていた茂太だ。長五郎の家から金を盗んだことはわかっているんだ。金がいる。十両でいい。用立ててくれ」

「ばかな」

「いいか、俺がおおそれながらと訴え出たらどうなると思うんだ。十両だ。いいか、明日の今頃、神田明神の鳥居で待て。いいな」

そう言うや、茂太はもう一度手拭いを頭からかぶって御徒町の武家地に向かって駆けて行った。

藤吉は愕然とした。なぜ、茂太が……。

仲間割れだ。百両からの分け前が不服で茂太はかってにひとりで強請りにかかったのだ。もう恐れていたことが起きた。

所詮、相手は烏合《うごう》の衆《しゅう》だ。抜け駆けする者も出て来る。このことははじめから想像がついたことだった。

ただ、それまで一度も顔を晒さなかった茂太がなぜ今になって堂々と現れたのか。仲間とは仲違いをしたのか。それとも、仲間に内緒のことか。

このあと、藤吉は得意先に顔を出したが、どこか上《うわ》の空で向こうの主人から不審がられるほどだった。

いったん、店に帰ったあと、藤吉は改めて浅草黒船町のお秋の家に栄次郎を訪ねた。

その頃、栄次郎はお秋の家で、新八の話を聞いていた。

「確かに、茂太は舞鶴藩神崎家の中間部屋にいたそうです。外に出たとき、岡っ引きの段平に声をかけられ、そのまま自身番に連れて行かれたと、中間が話してくれました」

昨夜は賭場は開かれていなかったが、新八はうまく中間部屋にもぐり込んで話を聞くことが出来たのだ。

「それから、茂太は中間部屋に戻っていないそうです。誰も茂太の行方は知りません」

「そうですか」

「それから、中間が言うには、奴はひとを殺していると言ってました。呑んでいるとき、湯島天神の男坂から突き落としてやったとついぽろりと口にしたそうです。そのことで、岡っ引きがやって来たのだろうって思っていたそうです」

「やはり、恒吉を殺していたのですね。段平親分が問い詰めることが出来なかったのは残念です。もし、捕まえておけば、その後の強請りはなかったのですからね」

そう言ったとき、栄次郎は何かが頭の天辺《てっぺん》に向かって走り抜けたような気がしたが、それが何かわからなかった。

階段を上がってくる足音がした。

「栄次郎さん。『千扇堂』の藤吉さんがいらっしゃいました」

お秋が障子を開けて言うと、藤吉が入って来た。

「失礼いたします」

藤吉は栄次郎と新八の前に腰を下ろした。

「何かありましたか」

栄次郎は藤吉の強張った顔を見て不審を持った。

「はい。茂太が現れました」

「えっ、今なんと？」

栄次郎は聞き違えたのかと思った。

「得意先に行く途中、茂太に呼び止められたのです」

「藤吉さん。そいつはほんとうですかえ」

新八も昂《たかぶ》った声できく。

「はい。十両出せと」

「十両ですか」

栄次郎は首を傾げ、

「茂太はどんな言い方をしたのですか」

「こうです。長五郎の家から金を盗んだことはわかっているんだ。金がいる。十両でいい。用立ててくれ。そう言いました」

「長五郎の家から金を盗んだことはわかっているんだと言ったのですか」

栄次郎は何か妙に思った。

「何を今さらという気がしませんか。今までさんざん強請ってきたのですから」

「そう言われればそうですね」

新八も目を細めた。

「用立ててくれというのも今までの連中の物言いとちょっと違います。それに、十両というのも解せません。十蔵さんから百両を奪っているんです。だったら、藤吉さんには少なくとも五十両を吹っ掛けてもおかしくない」

栄次郎は疑問を口にする。

「分け前に不服で、あと十両が欲しかっただけなのでは？　それに、五十両をとるのは仲間の手前、気が引けたのではないでしょうか」

藤吉は考えながら言う。

「ええ、そういうことも考えられますが……。でも、私には茂太の台詞《せりふ》が、はじめての強請りのような物言いに感じたのです」

「そういえば……」

藤吉が何かに気づいたように、

「こっちは仲間に茂太がいるのがわかっているのに、奴らからは茂太の影は感じませんでした。ひょっとして」

「ええ。我々は仲間に茂太がいるものと思い込んでいましたが……。強請りの連中の仲間でなければ、明日茂太を捕まえても連中を刺激することはありません。明日、茂太を捕まえましょう」

「わかりました」

新八は拳《こぶし》を握りしめて言う。

「茂太が現れたことを、十蔵にも告げておこうと思ったのですが、今のお話ではその必要は？」

「ええ、ありません。ともかく、明日です」

「はい」

藤吉も大きく頷いた。


その夜、栄次郎は本郷の屋敷で兄とともに夕餉をとった。

夕餉のあと、兄が栄次郎を部屋に呼んだ。

「兄上、失礼します」

声をかけて襖を開け、栄次郎は部屋に入った。

「栄次郎」

腰を下ろした瞬間、兄の鋭い声が飛んだ。

「はい」

栄次郎は一瞬身構えた。

「右手、どうしたのだ？」

「何がでしょうか」

「前々から気になっていた。日課だった朝の素振りも休んでいる。それより、なにより、箸の使い方だ」

「…………」

「手首をつかわず、腕を棒のようにして箸を口に持っていっている。前にも聞いたが、まだ手首の故障が治っていないのではないのか」

「兄上」

栄次郎は返答に詰まった。

「栄次郎。正直に言うのだ」

「申し訳ございません。じつは腱を傷《いた》めたようで手首を動かすと激しい痛みが走ります。しばらく使わないでいたので徐々によくなっていると思います」

「刀は使えないのだな」

「はい、刀も三味線も」

栄次郎は無念そうに言う。

「そうか」

兄はため息をついた。

「兄上。でも心配はいりません。治りかけているのです。箸の使い方がおかしいのは手首に負担をかけないようにあえてあのような食べ方をしているのです」

「だが、手首を使えばまた悪化するのではないか」

「はい。でも、それももうしばらくの辛抱ですから」

「栄次郎。これからは人気《ひとけ》のない場所に行ったり、夜道のひとり歩きはよすのだ。わかったな」

兄は念を押す。

「はい」

栄次郎は逆らわず返事をしたが、兄はなぜそんなに心配しているのだろうと、かえって気になった。

兄は強請りのことを知っているのだろうか。定雲寺や西方寺で襲撃されたことを知っているのか。

いや、そんなはずはない。新八が兄に告げるはずがない。単なる兄の心配性からだろう。そう思い、栄次郎は兄に感謝をして部屋に引き上げた。

秋の空は高く澄んでいて、さざ波のような白い雲が浮かんでいる。爽やかな風が境内に吹いている。鳥居をくぐって来る参詣客は多い。

栄次郎は水茶屋の脇に立って鳥居に目をやっている。鳥居の近くで、藤吉が辺りを見まわしている。

茂太がどこから現れるかわからない。裏門からやって来るかもしれない。すでに、境内に入り込んでいて、どこぞから藤吉の様子を窺っているかもしれない。

なぜ、茂太が今になって自ら藤吉の前に現れ、金を要求したのか。分け前からの不満で抜け駆けしたとは思えない。

茂太の台詞《せりふ》ははじめて藤吉に接触したときに発せられるものだ。決して抜け駆けしたためのものではない。

考えられることはひとつだ。強請りの一味に、最初から茂太はいなかったのだ。では、誰が……。

栄次郎ははっとした。藤吉に近付いて行く男がいた。大柄だ。気づいて、藤吉が振り返る。

藤吉が大柄な男に何か言っている。金はないとでも言っているのか。茂太の背中が激しく震えたように思えた。

藤吉がこっちに顔を向けた。茂太だと告げているのだ。栄次郎は飛び出し、ふたりに近付く。

茂太ははっとして鳥居を出ようとした。だが、茂太の足は止まり、後退《あとずさ》った。やがて、新八が現れた。

茂太が踵《きびす》を返した。その前に栄次郎は立ちふさがった。

「茂太さんですね」

「誰でえ」

茂太はあわてた。

「私は矢内栄次郎といいます。少し話をお聞かせください」

後ろから、新吉と藤吉が迫った。

「なんでえ」

茂太が目を剝いた。

「あなたは強請りの仲間じゃないんですか」

「強請りの仲間？　なんのことだ」

茂太は鋭く睨みつける。

「向こうに行きましょう」

石碑の近くの人気《ひとけ》のない場所に移動し、

「十日ほど前から、あなたと同じ理由で藤吉さんから金を強請りとろうとした一味がいたんですよ。連中は百両を手にした」

「なんだと、どういうことだ？」

茂太は顔色を変えた。

「一味に侍がいる。必要なとき、金でごろつきや浪人を雇っているが、中心は三人。あなたが、その中のひとりだと思っていました」

「俺じゃねえ。俺は知らない」

茂太は否定した。

「では、今までどこにいたんですか」

栄次郎は問い詰める。

「川崎《かわさき》だ」

「川崎？」

「いい加減なことを言うな」

新八が口をはさんだ。

「ほんとうだ」

「なぜ、川崎に行ったんだ？」

「それは……」

茂太は言いよどんだ。

「お峰と恒吉を追って亀戸を出たあなたは、舞鶴藩神崎家の中間部屋に転がり込んだんですね」

栄次郎はきく。

「どうして、それを?」

茂太は唖然としている。

「強請りの一味にあなたがいると考え、ずっと探していたんです。神崎家の中間部屋を出て、どうして川崎に行ったのですか」

栄次郎は問い詰めるが、茂太は顔を歪め、押し黙っている。

「恒吉さんが死んだ件で、段平親分の取調べを受けたようですね」

「だが、すぐ疑いは晴れた」

「なら、なぜお峰さんのところに行かないのですか」

「…………」

「段平親分からお峰さんのところに顔を出すと、恒吉殺しの疑いがかかると言われたからでは?」

茂太は口を真一文字に結んだままだ。

「どうなんですか」

「……………」

「おまえさんは酔いに任せて神崎の中間に恒吉を突き落としたと話していたそうだな」

新八が口をはさむ。

「違う。俺はただ中間たちにいい格好したくて」

「殺していないなら、段平親分に何を言われても怖くないはずだ。なぜ、お峰さんのところに顔を出さなかったんだ？」

「段平親分に変に疑われたくないから……」

「ちょっと待ってください」

栄次郎ははっと気づいたことがあった。

「段平親分はあなたに何て言ったのですか。川崎に行けですか」

「……………」

「ほんとうは江戸を離れろではないんですか」

茂太は苦しそうに顔をしかめた。

「なぜ、段平親分はあなたを江戸から遠くにやろうとしたのか。あなたは何か段平親分と取り引きをしたんじゃないですか」

「取り引きですって」

新八が驚いて言う。

「そうです。段平親分は茂太が恒吉殺しの下手人だとわかっていた。だが、茂太の一言で、態度が変わったのです」

栄次郎はそうに違いないと思いながら、

「どうですか」

と、茂太に確かめた。

「そうだ。藤吉とお房のことを話した。まさか、段平親分が……」

茂太が何かに気づいたように目を剝いた。

「そのまさかですよ。だから、あなたの罪を見逃してまでも、あなたを遠ざけたかったのです。よけいなことを喋らせないように」

「ちくしょう。そういうわけだったのか」

茂太は歯ぎしりして悔しがった。

「新八さん。いくつか確かめたいことがあります」

そう言い、栄次郎は新八に耳打ちをした。そのとき、いきなり、茂太が藤吉を突き飛ばして逃走した。

あっと新八が驚いて追おうとしたが、すでに茂太は鳥居を抜けて行った。

「仕方ありません。それより、弥二郎と三次です」

「へい。では、あっしは三次を。あとでお秋さんの家に伺います」

鳥居を出てから新八と別れ、藤吉にはすべて任せるように言い、栄次郎は下谷車坂町に向かった。

三

栄次郎が車坂町にやって来ると、ちょうど二十半ばの色の浅黒い男が長屋木戸を出て来たところだった。

「弥二郎さん」

栄次郎は声をかけた。

「あんたは……」

「覚えていてくれましたか」

「なんでえ。今さら、話すことなんてないぜ」

「定雲寺の裏で殺された男が『千扇堂』から出て来るのを見たと、あなたが訴え出た理由がわかったので、確かめにきました」

「なんでえ」

弥二郎は警戒ぎみになった。

「あなたは誰かから頼まれて、そう訴え出ろと言われたのではありませんか」

「…………」

「そうなんですね」

「覚えてねえ」

弥二郎は栄次郎の脇をすり抜けようとした。

「あなたは段平親分に弱みを握られているのですね」

「別に、そんなものねえ」

「調べれば、すぐわかることです」

「…………」

「べつに、そのことを知ったからといって、あなたに不利になるようなことはしません。だから、正直に答えていただけませんか」

「俺をしょっぴくと脅した。ただ、俺の言うことをきけば、見逃してやると」

「やはり、段平親分に命じられたのですね」

「そうだ。もういいか」

「ええ、もう結構です」

「あんな男がお上の御用を預かっているなんて、笑わせるぜ」

弥二郎は捨て台詞を口にして去って行った。


それから、栄次郎は車坂町から八丁堀《はっちょうぼり》に向かった。

楓川《もみじがわ》にかかる海賊橋《かいぞくばし》を渡り、茅場町《かやばちょう》薬師《やくし》の前を通って、栄次郎は八丁堀の同心の組屋敷にやって来た。

通りがかった奉公人らしい男に声をかけ、

「蓮見さまのお屋敷はどちらでしょうか」

と、きいた。

ふたり目にきいた出入りの商人らしい男が知っていて、栄次郎は聞いた場所に向かった。角を曲がった三軒目の屋敷の木戸門をくぐっていった。

「お頼みいたします」

玄関に立って声をかけた。

すぐに用人らしい年配の侍が現れた。

「私は矢内栄次郎と申します。蓮見常五郎さまにお目にかかりたいのですが」

「どのようなご用件でございましょうか」

長い間があって、用人がきいた。

「じつは五年前のある事件についてご相談したきことがございまして」

「申し訳ございません。常五郎さまはこちらにはおりません」

「どちらに？」

「少々、お待ちください」

用人は会釈をして奥に引っ込んだ。

しばらくして戻ってきて、

「常五郎さまは三年前に奉行所を辞め、お屋敷から出て行きました。当家とは関わりのないお方でございます」

「何かあったのですか」

栄次郎はきく。

「いえ、何もありません。蓮見家は養子が跡を継いで、今同心として奉行所に出仕しています。今後、常五郎さまのことで当屋敷に来られることはご遠慮くださいますように」

「わかりました。して、常五郎さまは今どちらに？」

「わかりません。一切、おつきあいはありませんので」

ふと、そのときある考えが芽生えた。

「ひょっとして、入谷のほうにお住まいではありませんか」

「ええ、そのように聞いたことはありますが、どこかは屋敷の者は知りません」

「そうですか」

栄次郎は引き上げようとして、

「なぜ、常五郎さまは屋敷を出て行ったのか、わけを教えてはいただけませんか」

「それはどうぞお許しを」

用人は頭を下げた。

「では、奉行所を辞めたわけはなんだったのでしょう」

「それもどうか」

用人は頭を下げて答えを拒んだ。

「ご病気でしたか」

「そうです」

「どこか悪かったのでしょうか」

「それは……」

用人は戸惑っている。

「何か」

崎田孫兵衛は病気を理由にしていたが……。やはり、崎田孫兵衛にきいたほうがよさそうだと思った。

「わかりました。失礼いたします」

「もし」

用人が呼び止めた。

「まさか、他の屋敷にききまわるつもりではないでしょうな」

あっさり引き下がったので、用人は警戒したようだ。

「なぜ、そのようなことを？」

「ご近所で妙なききかたをされて変な噂のたねにされても困りますので」

「いえ。違います。別に、お訊ねするお方はおりますので」

「それはどなたですか」

「心配いりません。朋輩《ほうばい》の方々に知れ渡るようなことはありませんので」

「いや、あなたさまがお訊ねする相手がへんなふうに曲解してあちこちで言いふらしたりするかもしれません。誰だか、教えていただけませんか」

　そんなに気にすることなのかと、栄次郎はかえって不審を持った。用人が気にしていたのは近所の体面かもしれない。常五郎が同心を辞めたのは病気ではなく、他に何か理由があるようだ。

「わかりました。すみません、最初から、そのお方にお訊ねすべきことでした。よけいな混乱を招いてしまったようで、申し訳ありませんでした」

　栄次郎は謝った。

「そんなことより、どなたに？」

　口にすべきかどうか迷ったが、嘘をついても仕方ないと思い、

「与力の崎田孫兵衛さまです。崎田さまとはご懇意にしていただいておりますので。じつは、崎田さまから蓮見常五郎さまは病気で同心を辞めたと聞いたのです。そのときはまだ蓮見さまにお会いするつもりはなかったのですが……。では、失礼します」

　栄次郎が玄関を出て門に向かいかけたとき、

「お待ちください」

　と、用人があわてて追いかけて来た。

振り返ると、玄関の前に四十歳近いと思える婦人が出て来ていた。

「どうぞ、お上がりくださいませ」

婦人が近付いて声をかけた。蓮見常五郎の妻女だ。

栄次郎は招じられて客間に行き、常五郎の妻女と向かい合った。

「常五郎が何かしたのでしょうか」

いきなり、妻女が切り出した。

「いいえ、そういうわけではありません。ただ、常五郎さまが現役だった五年前の事件のことで……」

「崎田孫兵衛さまとはご懇意にされているそうですね」

「はい。崎田さまの異母妹の家に居候をしていまして、それで崎田さまとは親しくさせていただいています」

「そうですか」

「私はただ、常五郎さまにお会いしたくて訪ねてきました」

「常五郎がどこにいるか私も知りません、いつぞや、常五郎は入谷で元気に暮らしていると岡っ引きの段平から用人が聞いたそうです。それだけですので」

「なぜ、常五郎さまはこの屋敷を出て行かれたのですか」

栄次郎は不思議に思ってきいた。

「女です」

「女？」

「常五郎は昔から女癖が悪くて。同心を辞めたのも、盗みに入られた商家の内儀とい
い仲になって、亭主どのから奉行所に訴えられて」

「そんなことがあったのですか」

「そういうことは一度や二度ではありません。それで、崎田さまは常五郎に同心を辞
めるように言い、あわてて娘に壻《むこ》をとって跡を継がせ蓮見家が続くように手配してく
ださいました。私たちに男の子はいませんでしたから」

「では、常五郎さまは入谷で女と暮らしているのですか」

「そのようです。もう、二年以上会っていません」

「なんと」

栄次郎はあきれた。

「常五郎さまの住まいを知っているのは段平親分だけですか」

「そうだと思います」

「失礼ですが、常五郎さまにまだお気持ちは？」

「いいえ、とうに冷めております。ただただ、何かを仕出かして蓮見家に害を及ぼさないでもらいたいと願っているだけです。ですから、あなたさまがお見えになったとき、常五郎が何かをしたのではないかと思いました。ほんとうのところ、どうなのですか。何かしたのではありませんか」

「いいえ。そうではありません。ただ、お話をお聞きしたいだけです」

「そうですか」

「では、私はこれで」

挨拶して立ち上がったとき、妻女が呟くように言った。

「常五郎も養子だったんです。いつも養父母から抑えつけられていて鬱屈《うっくつ》していったのかもしれません」

「失礼します」

栄次郎は会釈をして部屋を出た。

玄関で刀を受け取って式台に下りたとき、

「常五郎さまは下谷金杉《かなすぎ》のお敏《とし》という後家の家にいるそうです」

と、用人が小声で教えた。

「そうですか。ありがとうございました」

栄次郎は礼を言い、蓮見家の屋敷をあとにした。

浅草黒船町のお秋の家にやって来たとき、すでに新八が待っていた。

「お待ちになりましたか」

「いえ、あっしはちょっと前に来たのです。栄次郎さん、やっぱり図星でした。三次は『千扇堂』に現れた男をつけていき、入谷の定雲寺を過ぎたところで段平に声をかけられたそうです。なぜ、あの男のあとをつけるのかを問い詰められ、止むなく喋ってしまったそうです。手を引かないと、徹底的におめえがやっていることを調べ上げると脅されたそうです」

「やはり、そうでしたか」

「では、弥二郎も？」

「ええ、空き巣を働いたと因縁をつけてきたそうです。言うことをきかないと、あとでどんな罪をでっち上げられるかもしれないと思い、言いなりになったと」

「段平って野郎はとんでもない悶っ引きですね」

「ええ。恒吉殺しの疑いで茂太を捕まえたところ、茂太から長五郎の家から消えた金の手掛かりを聞き、金を巻き上げようとした。茂太を捕まえると、吟味与力の取調べのときにそのことを口にしてしまうかもしれない。だから、江戸から遠ざけたんです。そして、当時、同心だった蓮見常五郎とつるんで金を脅し取ろうとしたのでしょう」

「蓮見常五郎ですか」

「常五郎は下谷金杉のお敏という後家の家に転がり込んでいるそうです」

栄次郎は八丁堀の屋敷を訪ね、妻女から聞いた蓮見常五郎の行状を話した。

「常五郎もとんでもない野郎ですね」

新八は憤慨した。

「ええ。もちろん、一回こっきりということはありえない。藤吉と十蔵に商売をやらせながらときたま金をせびっていく。そういう企みだったのでしょう」

栄次郎は不快な思いで言う。

「どうしますね。段平を問い詰めてみますか。それとも常五郎を」

「いずれにしろ、素直に喋るとは思いません。何か、証があるといいんですが」

栄次郎は思案していたが、ふとあることに気がついた。

「唯一顔を晒した若い男はなぜ、常五郎と段平の仲間になっているんでしょうか。ひょっとしたら、段平か常五郎に近しい者かもしれませんね。だから、信用している」

「栄次郎さん。あっしはこれから段平の家に行ってみます。どうも、あの男が段平といっしょにいるような気がしてなりません」

　そう言い、新八は立ち上がった。

「私も行きましょう」

　栄次郎も腰を上げた。

「わかりました」

　ふたりで階下に行くと、お秋が驚いたように、

「お出かけ？　夕餉は？」

と、きいた。

「すみません。急用が出来て、新八さんと出かけなくてはならなくなって」

　栄次郎は言い訳を言う。

「仕方ないわ」

　お秋は落胆して、栄次郎と新八を見送った。


　天神下に着いて、段平の家に近付く。日はとっぷり暮れていた。かみさんがやっている呑み屋の軒行灯の灯が暗がりに輝きを増していた。

　戸口に近付くと、中から賑やかな声が聞こえてくる。だいぶ客が入っているようだ。

ぐった。

新八は裏にまわった。

栄次郎は柳の木の陰から呑み屋を見ていた。日傭取りらしい男がふたり、暖簾をく

新八が戻ってきた。

「段平はいないようです」

「まだ、帰ってないのでしょうか。ひょっとして、蓮見常五郎のところでは」

栄次郎は思いついて言う。

「行ってみましょう」

新八が言い、すぐに段平の家の前を離れた。

それから半刻（一時間）後、栄次郎と新八は下谷金杉のお敏という後家の家を探し当て、その家の近くまでやって来た。

黒板塀に囲われた二階家だ。話を聞いた酒屋の主人は、三十半ばの色っぽい女と四十過ぎの侍が二年以上前からいっしょに住んでいると言っていた。

「中に忍んでみます」

「私も」

栄次郎は新八といっしょに門を入り、小さな庭の植込みを入って行った。灯が見え

た。庭に面した部屋の障子が開いていて、侍と段平が向かい合っているのが見えた。

「例の若い男はいませんね」

「いえ、障子の陰に隠れている男」

栄次郎はもうひとりいると指摘した。

「あっ、あの男です。やはり、ここにいたんですね。踏み込みますかえ」

新八が意気込んで言う。

「いや。今、問いただしても、しらを切られるだけです。様子を見ましょう。それにしても、ずいぶん深刻そうに話しているようですね」

ここからでは、話し声は聞こえず、厳しい顔が見えるだけだ。

「床下に忍んでみます」

新八は塀際に沿って母屋の端に行き、そこから床下にもぐり込んだ。

これで益三を殺したわけがはっきりした。益三は御厩河岸から若い男をここまでつけてきた。そして、益三は蓮見常五郎と天神下の段平がいっしょにいるのを見た。そのことに気づいた段平と常五郎。そして若い男は益三を追い掛け、定雲寺の手前で追いついて口封じで殺したのだ。

ふと、栄次郎は定雲寺裏で襲いかかってきた饅頭笠の侍のことを思い出した。あの侍は蓮見常五郎だったのだろうか。それとも、この場にいないが、別にもうひとりいるのか。

新八が床下で聞き耳を立てていると、急に三人が立ち上がった。そのまま、部屋を出て行った。

新八は素早く床下を出て、栄次郎のところまで戻ってきた。

「お開きになったようですね」

「出ましょう」

ふたりは急いで外に出た。

やがて、段平が常五郎に見送られて門に向かって来た。

「天神下に帰るようですね」

「段平より例の若い男の正体です」

栄次郎は若い男の正体をつかむことが先決だと思った。

「わかりました」

段平をやり過ごし、門の中を見る。

やがて、若い男が出て来た。

「あとをつけて正体を探ります。栄次郎さん。あとはあっしに任せてください。明日、早く、お知らせに上がります」

「わかりました。気をつけて」

若い男は段平と反対の三ノ輪《みのわ》のほうに向かった。新八がそのあとをつけていった。

栄次郎は先に引き上げた。夜の通りに行き交うひとは少なく、ときたま仕事帰りのいっぱい引っかけてきたような男とすれ違うだけだった。

上野山下を過ぎてから、やはりつけられていると思った。気配を消してつけてくる。饅頭笠の侍だと思った。

常五郎の家を見張っていたのを気づかれていたようだ。

迎え撃ち、正体を暴きたいが、右手が自由に使えない今は逃げるしかなかった。栄次郎は池之端仲町の通りを足早に行き、途中、角を曲がって一目散に駆けだした。

本郷の屋敷に帰り、台所で杓《ひしゃく》で水を飲んでいると、背後にひとの気配がした。振り返ると、ふっと影が消えた。

(兄上)

栄次郎はなぜ、兄は声をかけずに去って行ったのだろうかと不思議に思った。

四

翌日の昼過ぎ、お秋の家に新八がやって来た。

栄次郎は二階の部屋で新八と差し向かいになった。

「わかりましたぜ」

新八はさっそく切り出した。

「あの男は三ノ輪の裏長屋に住んでました。今朝、出直して長屋の住人にきいたところ、名は彦三郎《ひこさぶろう》で、何をしているかわからない男だということでした。去年、盗みの疑いで段平親分にしょっぴかれたそうです。でも、すぐ疑いは晴れて、解き放たれたそうです。それ以来、ときたま段平親分の手伝いをしているらしいと、長屋のかみさんたちが話していました」

「やはり、段平親分と関わりがあったのですね」

「段平親分の手下になって、ゆくゆくは岡っ引きになると話していたそうです。三人のつながりがはっきりしました。どうしましょうか」

「証はありませんが、蓮見常五郎を問いただしましょう。しらを切るのはわかっていますが、すべて明らかになっているといえば、相手も動揺をきたすでしょうから」

栄次郎は意を決して言い、立ち上がった。

ふたりは浅草寺の裏をまわり、入谷に向かった。

定雲寺の前に差しかかったとき、茶店の婆さんが不安そうな顔をしていた。

「どうかしたのですか」

栄次郎は声をかけた。

「ああ、お侍さん。今度は、首吊りですよ」

いきなり婆さんが言う。

「首吊り？」

「お寺の裏で。以前は人殺しがあって、今度は首吊り。さっき、段平親分がやって来ました」

栄次郎は新八と顔を見合わせ、すぐに定雲寺の裏に向かった。

雑木林の中に数人の男が集まっていて、その中に巻羽織《まきばおり》の坂崎新之助という同心とともに段平の姿もあった。その足元に男が横たわっていた。

新八が勝手にホトケに近づいた。

「なんだ、おまえは？」

奉行所の小者らしい男が咎めた。

「ちょっとホトケの顔を」

新八は強引にホトケの顔を見て、

「あっ、茂太ですぜ」

と、声を上げた。

「やいやい、勝手に入り込んできやがって」

段平が怒鳴った。

「親分、事情を聞かせていただけませんか」

栄次郎は段平の前に出た。

「そなたたち、何者だ」

同心の坂崎新之助が近づいて来た。

「私は矢内栄次郎と申します。こちらは新八。我々は一昨日、この男と会っています」

「おめえたちが会っていようがいまいが関係ねえ。茂太はふたりの男を殺したことを悔やんで首を括《くく》ったんだ」

段平が顔をしかめて叫ぶように言い、

「さあ、向こうに行ってもらおう」

と、ふたりを追い払おうとした。

「そいつはおかしいですぜ」

新八が異を唱えた。

「なんだと」

「茂太は自分から死ぬような男じゃありませんぜ。書置きでもあったんですかえ」

「きのう、茂太は俺に会いに来て、死ぬことをほのめかしていたのだ」

段平は堂々と続ける。

「茂太は益三と恒吉という男を殺したことを俺に告白し、死んで詫びると言って引き上げて行った。だから、俺は探していたんだ」

「妙ですね」

栄次郎は段平の前に出た。

「何が妙なんですね」

段平はむきになったように言う。

「まず、益三殺しは茂太ではありませんよ。その頃、茂太はまだ川崎にいたはずです。ただ、恒吉を殺したのは茂太です。でも、親分は見逃しましたね」

「なんだと」

「茂太が言ってました。親分と取り引きをしたと」

栄次郎は口にする。

「ばかばかしい」

段平は顔を歪める。

「取り引きとはなんだ？」

「茂太は恒吉殺しの疑いで段平親分の調べを受けているとき、五年前の金貸し長五郎の家から金が……」

「出鱈目《でたらめ》だ」

段平が怒鳴った。

「やい、てめえら。いい加減なことを言うとただじゃおかねえ」

「脅すんですか」

新八が段平に歯向かう。

「昨夜、下谷金杉の家で蓮見常五郎さまと彦三郎と額《ひたい》を突き合わせ、深刻そうに何か話していましたね。それは、茂太への対策だったんじゃないですか」

「段平、どういうことだ？」

「旦那、こいつら、いい加減なことを言っているんだ」

段平は血相を変えて言う。

「いい加減かどうか、これから蓮見常五郎さまにお会いしに行きます」

栄次郎が言うと、段平は眦《まなじり》をつり上げ、

「蓮見さまは関わりねえ」

「そうでしょうか。本所石原町にある『十字屋』の主人から百両を受け取ったのは蓮見さまです」

「きさま」

段平が目を剝き、

「旦那、こいつはお上に楯《たて》をつき、嘘八百を並び立てて町方の者を貶《おとし》めようとしているんだ、許しちゃおけねえ。どうか、とっ捕まえて」

「段平」

新之助が口をはさむ。

「この矢内さまは、筆頭与力の崎田孫兵衛さまと懇意になさっているお方だ」

「どうして、そのことを？」

栄次郎は不審に思ってきいた。

「蓮見常五郎さまのご妻女どのが今朝、私の屋敷にやって来られた。常五郎さまが何かをしたのではないかと心配してです。常五郎さまを心配してではない。蓮見家に迷惑がかからないかを気にしていました」

新之助は話してから、

「矢内どの。蓮見さまとはどのような話を？」

と、栄次郎に顔を向けた。

「申し訳ありません。蓮見さまとの話が済んだあとでよろしいでしょうか。いくつか、確かめないとまだ全体がつかみきれていませんので」

「わかりました」

新之助は下がって、

「段平。近頃、おまえはひとりでなにやら動きまわっていると俺の耳に入ってきていた。そのことも含め、おまえからも事情をききたい」

「…………」

段平は握りしめた拳を震わせていた。

栄次郎と新八は下谷金杉のお敏という後家の家にやって来た。

門を入り、格子戸を開ける。

「ごめんくださいまし」

新八が奥に向かって声をかける。

三十半ばのやや小肥りだが、色の白い女が出て来た。お敏であろう。

「矢内栄次郎と申します。蓮見常五郎さまはいらっしゃいますか。大事なお話があるのです。お取り次ぎを願えますでしょうか」

「少々、お待ちください」

お敏は奥に消え、だいぶ経ってから硬い表情で戻ってきた。

「どうぞ」

「失礼いたします」

栄次郎と新八は部屋に上がった。

昨夜、忍んだ庭から見た部屋に通された。

蓮見常五郎は肩幅の広い体で端然として座っていた。栄次郎と新八はふたりの前に腰を下ろした。

「私は矢内……」

「挨拶はよい。用件を」

常五郎は冷やかな声で言う。

「ここに来る途中、定雲寺の裏で茂太の亡骸《なきがら》が見つかりました」

「それがどうした？」

「恒吉殺しの疑いで捕まえた茂太が五年前の金貸し長五郎の家からなくなった金の行方を段平親分に話したのです。段平はその金を強請りとろうとした。茂太によけいなことを喋られると困るので、殺しの罪を見逃して江戸から追い払った。だが、茂太は江戸に戻ってきたんですよ」

「…………」

「茂太は三日前に『千扇堂』の藤吉を五年前の件で強請りました。すでに、何者かが百両を強請り取ったと言うと、我らの手を逃れどこかに消えました。段平親分は、益三と恒吉を殺したことを告白し、死んで詫びると言って引き上げたと言っていますが、茂太はそんな真似はしません。段平親分を脅したんですよ。黙っているから分け前を寄越せと」

「そなたが何の話をしているのかわからぬ」

「そうですか。本所回向院の境内で、『十字屋』の十蔵から百両を受け取った侍は蓮見さまですね」

「知らぬ」

「蓮見さまと段平親分、そして彦三郎の三人で今回の強請りをはじめた。そして、私の調べが迫ったと知ると、金で浪人やごろつきを雇い、私を襲わせた」

「そのような作り話をしおって。許さぬぞ」

「蓮見さま。もはや、真相は明らかになっているのです。じたばたしても無駄です」

「無礼であろう」

常五郎は気色《けしき》ばんだ。

「蓮見さま。どうか、蓮見の家名に傷がつかぬような始末をお考えいただけませぬか。金を盗んだだけでなく、ふたりの男が死んでいるのです。このまま見過ごすわけにはいきません」

「………」

「八丁堀のご実家では、娘さんが壻をとり、同心の代替わりをして立派に蓮見家を守っているそうです。あなたは家族を捨てた上に、御家まで危機に貶めようとしているのです」

何か言おうとして顔を上げたが、常五郎は栄次郎を睨みつけただけだった。

「どうするべきか、どうかお考えください。必要であれば、また参ります」

栄次郎は立ち上がった。

外に出て、新八がきいた。

「いいんですかえ、あのままで」

「強がっていましたが、かなり参っている様子でした。それより、段平親分のほうがどうだったか」

栄次郎と新八は定雲寺に戻ったが、同心の坂崎新之助も段平もいなかった。

奉行所の小者が近付いて来た。

「矢内さまですね」

「そうです」

「坂崎さまから、佐久間町の大番屋にお出でいただきたいと言付かっております」

「佐久間町の大番屋？」

栄次郎は何か動きがあったのだと思い、

「行ってみましょう」

と新八に声をかけ、佐久間町に向かった。

大番屋に行くと、莚《むしろ》の上に段平が座らせられて、その前に坂崎新之助が立っていた。

「坂崎さま。これはいったい」

栄次郎は不思議に思ってきいた。縄こそかけられていないが、段平は容疑者扱いだ。

「あのあと、お峰という女子がやって来ました。亡骸を見て、目を見張っていた。首吊りのようだと告げると、茂太は自ら死んだのではないと訴えました。昨夜、茂太がお峰を訪ねてきたそうです。明日の朝、段平親分から三十両を受け取ることになっている。その金で、どこか別の土地に行っていっしょに暮らそうと言っていたそうです」

茂太はやはりお峰に未練があって戻ってきたのだ。

「でも、陽が高くなっても茂太が現れないので何かあったのかと思っていると、定雲寺の裏で死体が見つかったと聞いて飛んできたというわけです」

「そうでしたか」

「それで今、段平から事情を聞いているところです。矢内さま、段平の言い分を聞いてくださいますか」

「わかりました」

「段平。おまえをこのように問いただすことはしたくなかった」

坂崎新之助はやりきれないように言う。

「旦那。俺は後ろ指差されるようなことはしちゃいませんぜ」

段平は真剣な眼差しで訴える。

「最初、恒吉の死体を見たとき、おまえは俺にこう言ったな。これは事故じゃありません。殴ったあと、男坂の上から突き落としたんですと。そのとおり、後頭部に陥没があった。殴られた跡だ。それから湯島天神の境内で茂太と恒吉らしいふたり連れが何人かに見られていた。恒吉といっしょに暮らしているお峰が、その男は茂太だと言った。茂太は金貸し長五郎の取り立て屋だった男だ。そうやって茂太を捕まえたおまえの手腕は見事だった。だが、おまえは、茂太はシロだった、恒吉は事故死だったと俺に言った。なぜ、急にそうなったのか不思議でならなかったんだ。気がついたとき、茂太はすでに行方を晦ましていた」

新之助は鋭い目を向け、

「金貸し長五郎の金のことを、茂太から聞いて、おまえは……」

「旦那。なんで旦那の下で働いてきたあっしの言うことを信じてくれないのですか」

段平は哀れみを乞うように訴える。

「段平。じつはな、あちこちからおまえの悪い噂が俺の耳に入ってきていたんだ。方々で袖の下をねだったり、相手の弱みにつけ込んで捕まえると脅したり……」

新之助は不快そうに顔を歪め、

「茂太の件だが、金を強請られたんだな」

と、きいた。

「違う。益三と恒吉を殺したとあっしに自白してきたんだ」

「段平親分」

栄次郎は口をはさんだ。

「益三を殺したのはあなたと彦三郎ではないんですか。そして、金を強請りにきた茂太も、ふたりで殺したんです」

「…………」

「昨夜、蓮見さまと段平親分と彦三郎の三人で深刻そうに話していましたね。あれは茂太の強請りにどう立ち向かうか相談していたんじゃないですか。それで、今朝、定雲寺裏に金を取りにきた茂太を段平親分と彦三郎がふたりがかりで襲った……」

「ばかばかしい。そんな証がどこにあるんだ」

「段平。往生際が悪いぞ」

新之助が一喝し、

「今度のことがなくても、おまえから手札を取り上げようと思っていたんだ。もう、おまえはおしまいだ」

新之助はやりきれないように言う。

「ちっ。旦那はまったく融通がきかねえのだから。蓮見の旦那のときはよかったぜ」

「蓮見さまからおまえを頼まれたから手札を与えたのだ。おまえがこんな性悪な男だとは気づかなかった。もっと早く手札を取り上げていたらよかったのかもしれぬな」

新之助は無念そうに言い、

「段平。おまえのかみさんのことは心配しなくていい。暮らしが立つように手を貸す」

と、優しさを見せた。

「へえ……」

段平はうなだれた。

「段平親分。あなた方一味は蓮見さまと彦三郎ですね。その他にいますか」

「いねえ。あとは必要に応じてひとを雇うだけだ。命知らずの連中はいっぱい知っているのでね」

「浪人も雇いましたね」

「ああ」

「饅頭笠の侍は？」

「饅頭笠？　そんな侍は知らねえな」

「知らない？　ほんとうですか」

「今さら、嘘をついても仕方ねえでしょう」

段平は栄次郎から新之助に顔を戻し、

「旦那。今さら信じてもらえないかもしれねえが、益三と茂太を殺したのは蓮見の旦那だ。もちろんあっしも彦三郎もその場にいましたが。でも、蓮見の旦那はあっしらが殺《や》ったと言うでしょうね」

「段平、ほんとうに手を下していないのか」

新之助は段平の顔を覗き込んできいた。

「殺ってねえ。ですが、その場にいて蓮見の旦那が殺るのを黙って見てましたからね。同罪ですよ」

段平は自嘲ぎみに呟いた。

「いや、それでもなんとか出来るかもしれない」

「たぶん、蓮見の旦那はすべてあっしと彦三郎の仕業にして自分だけ助かる手立てをとるはずです」

段平は観念したように答えた。

「そんなはずはない」

そこまで卑怯なお方とは思えない。栄次郎はふいに何かに追い立てられるように大番屋を飛び出し、再び下谷金杉の家にやって来た。

ふと線香の香りを嗅いだ。栄次郎は部屋に駆け上がり、奥に向かった。

敷居の前でお敏が茫然と立っていた。部屋を覗くと経机の上で線香が煙りを上げていて、その手前で常五郎が体を二つに折って倒れていた。経机の上に文とともに袱紗《ふくさ》に包んだ小判が置いてあった。

五

三日後の昼下がり、お秋の家に藤吉と十蔵がやって来た。

栄次郎は強請りの首謀者と茂太が死んだことを告げたあと、

「五年前の件を今さら取り調べても証があるわけではなく、長五郎の金の行方はわからないままということで済ますことになったそうです」

「では、私たちの罪は？」

「なかったということです。ですから、今さらあなた方が自訴しても、ただお上を騒がす不届き者として扱われるだけです」

「それでいいのでしょうか」

「いいも悪いもありません。その代わり、五年前のことはなかったのですから、今回の強請りもなかったことになります。十蔵さん。これを」

栄次郎は経机の上に置いてあった百両をそのまま十蔵に返した。

「これは……」

十蔵は目を一杯に開いた。

「あなたが出したものです」

「矢内さま。いったい、何があったのでしょうか」

藤吉がきいた。

「強請りの首謀者はすべての責任をとって自害しました。それをもって、けりをつけたのは傷つく者があまり出ないようにと知恵を絞った末の始末なのです。益三殺しも茂太殺しもその首謀者の仕業でした。ただ、殺しを目の前にしながら止めようとしなかったとして、ふたりの男が捕まりました。ふたりは遠島になっても、恩赦があれば早く帰ってこられる程度ではないかということです」

常五郎は遺書の中で、益三と茂太を殺したのは自分だと告白し、段平と彦三郎は力で抑えつけて操っていたと自白したのだ。

段平はそのことを知って涙を流していたという。

「そのふたりの名を告げてもあまり意味ないのでお伝えしませんが」

「わかりました」

藤吉と十蔵は顔を見合わせてからほぼ同時に答えた。

「これでやっと今の店が自分のものになったのだという思いがしました。もう、やましさに苦しまずに済むかと思うと……」

藤吉はしんみり言い、

「矢内さまにはほんとうにお世話になりました」

と、深々と頭を下げた。

「いえ、私など」

「新八さんにもよろしくお伝えください」

藤吉と十蔵は何度も礼を言い、引き上げて行った。

すべて片づいたと言いたかったが、ひとつだけ残っていることがあった。あの饅頭笠の侍だ。

その夜、栄次郎は崎田孫兵衛と酒を酌み交わした。

「崎田さま。今回の始末、お見事にございました」

栄次郎は讃《たた》えた。

「なんの。そなたの働きだ。こっちこそ感謝をしている。蓮見家になんら影響がなくてよかった」

「蓮見さまは、そのことを考えて自害なさったのだと思います」

常五郎が責任をとって死んだことで事件をすぐに収束させることが出来たのだ。表沙汰にならずに済んだということだ。

元同心がひと殺しだったという不名誉を世間に知られずに済んで、奉行所にしても胸をなで下ろしているのだ。

「それにしても、金貸し長五郎の家に兵助が押込みをしたとほぼ同時に忍び込んだ者がいたとはな」

孫兵衛は酒を呷《あお》ってから不思議そうに言ったあと、

「押込みが兵助に間違いなくてよかった。じつは頭の片隅に、兵助が訴えるように何者かにはめられたのではないかという考えもあったのだ。なにしろ、金が見つかっていなかったからな」

「不可解な謎の解明が出来てようございました」

栄次郎も応じる。

「さあ、どんどん呑め」

「いや、私はそろそろ」

「まだ、いいではないか」

「でも、あまりおそくなりますと……」

「そうか」

孫兵衛はふと思い出したように、

「さっきから気になっていたのだが、酒を注ぐときもずっと左手だが、右手はどうかしたのか」

と、きいた。

「ちょっと傷めまして。もう、治りかけているのですが」

「そうか、気をつけることだ」

「はい。ありがとうございました」

改めて礼を言い、栄次郎はお秋に見送られて外に出た。

月が皓々《こうこう》と照って、新堀川の川面がきらめいている。栄次郎は背後の気配を窺ったが、あとをつけてくる者はいなかった。

饅頭笠の侍は段平らに雇われたのではなかった。自分が狙われる理由に、栄次郎は見当がつかなかった。

御徒町の武家地を過ぎ、下谷広小路を突っ切り、池之端仲町を通って湯島の切通しに差しかかった。

ゆっくり叢雲《むらくも》が流れてきて、月にかかりそうになった。栄次郎は切通しの坂を上がった。人通りも絶えている。

加賀前田家の屋敷の塀沿いに出たとき、月明かりが翳った。叢雲が月を隠し、辺りは暗くなっていた。

栄次郎はふと足を止めた。銀杏《いちょう》の大樹の陰で何かが蠢《うごめ》いた。殺気を覚え、栄次郎は踵を返した。

だが、そこに手拭いで頰被りをした侍が立ちふさがった。

後ろを向くと、銀杏の大樹の陰から饅頭笠の侍がゆっくり現れた。

「何者だ？　矢内栄次郎と知ってのことか」

栄次郎は誰何《すいか》した。

饅頭笠の侍は無言で抜刀した。

栄次郎は右手を刀の柄《つか》にかけてはっとした。ここで剣をつかえば、また痛みがぶり返すかもしれない。

市村座の舞台に立つためにはそろそろ稽古をはじめなければならないのだ。ここでぶり返しては舞台を諦めなければならない。

栄次郎は無意識のうちに右手を使ってしまわないように右手を懐《ふところ》に仕舞った。

「誰に頼まれたのだ?」

栄次郎は後退りながら言う。手拭いで頬被りの侍も抜き身を構えて迫ってくる。栄次郎はなおも下がり、塀際まで追い詰められた。

かなたに辻番所の明かりが見えるが、通りに人影はない。

「覚悟」

頬被りの侍が振りかぶって斬り込んできた。栄次郎は左手一本で抜刀し、相手の剣を弾く。相手はなおも構え直して襲ってくる。栄次郎は横っ飛びに逃れる。だが、栄次郎の動きを読んだように、そこに饅頭笠の侍が待ち構えていた。

栄次郎は剣を構えた。

「やはり、右手は使えぬようだな」

饅頭笠の侍がはじめて口を開いた。

「なぜ、私を狙う？」

「知る必要はない」

そう言うや否や、饅頭笠の侍は剣を肩に担ぐように構えて、やや右に移動しつつ迫ってくる。右手を使えないことを計算しての動きだ。

頰被りの侍も横から迫った。栄次郎の右手が懐から出かかった。身を守るためには右手を使わざるを得ない。しかし、使えば三味線が二度と弾けなくなるかもしれない。栄次郎は焦った。

左手一本でどこまでこの強敵と闘えるか。饅頭笠の侍がいきなり踏み込んできた。肩の上から繰り出された激しい剣が勢いよく栄次郎の顔面を襲った。栄次郎が鎬《しのぎ》で受け止めた瞬間、あまりの激しさに左手にしびれるような衝撃が走った。

相手は強引に押しつけてくる。左手一本ではとうてい支えきれない。渾身の力で相手に剣を少し押し返し、さっと剣を引いて頰被りの侍がいる反対方向に転がりながら逃げた。饅頭笠の侍は体勢を崩しながらも剣を振るう。剣先が栄次郎の体を掠《かす》めた。

栄次郎はすでに懐から右手を出していた。この危機を乗り越えるためには右手を使わざるを得なかった。

栄次郎は両手でしっかりと柄を握った。饅頭笠の侍は剣を肩に担ぐように構えたまま間合いを詰めてきた。栄次郎は正眼に構えた剣を右下段に変えた。手首が返ったが、痛みはなかった。だが、あとで痛みが出るかもしれない。

「覚悟」

饅頭笠の侍が裂帛《れっぱく》の気合とともに斬りかかろうと動いたとき、

「待て」

と、闇を裂くような鋭い声が轟いた。

饅頭笠の侍の動きが止まった。暗がりに誰か立っていた。折しも雲が切れ、月影が射した。

「兄上」

兄の栄之進が抜刀して迫った。

饅頭笠の侍が振り向き、兄に向かって斬りかかった。

「そなた、主人の家名に泥を塗るのか」

兄が一喝すると、饅頭笠の侍の動きが一瞬鈍くなった。兄は突進した。はっとして、饅頭笠の侍も再び動いた。

剣と剣とが激しくかち合う火花が飛んだ。両者の体が入れ代わったとき、饅頭笠の侍の体が大きく揺れた。兄は激しく息をしていた。

やがて、饅頭笠の侍が倒れた。頰被りの男が一目散に逃げだした。

「兄上、助かりました」

栄次郎は駆け寄った。

「栄次郎、大事ないか。手は?」

「使いませんでした。でも、兄上、どうしてここに?」

「この者がそなたを狙っているという知らせが入ってな。この者を追っていたのだ」

兄は饅頭笠の侍の笠をとった。侍は絶命していた。

「この者は誰ですか」

「さる旗本の家来で、家中一の使い手だ」

そこに町方が駆けつけてきた。

「わしは御徒目付の矢内栄之進である。辻斬りを退治した」

兄はそう叫んだ。

あと始末を町方に託し、栄次郎は兄とともに本郷の屋敷に戻った。

兄の部屋で、差し向かいになり、栄次郎は切り出した。

「饅頭笠の侍はなぜ私を？」

「うむ」

兄は厳しい顔をした。

「兄上」

栄次郎は促す。

「栄次郎。あの饅頭笠の侍は……」

また、兄は言いよどんだ。が、ため息をつき、

「仕える御家の息子が美津どのに求婚していたのだ。それが身分の低いわしと縁組をすることになって……」

あっと、栄次郎は愕然とした。

やはり、大城清十郎は栄次郎の出生の秘密を知っていたから身分の低い矢内家に娘美津を嫁がせようとしていたのか。

「栄次郎さえいなければ美津どのとわしとの縁組を思い留まらせることが出来るという浅はかな考えからの行動であろう」

「…………」

「美津どのを狙っていた旗本の子息は多い。その者たちは同じ大身《たいしん》の旗本の息子に嫁《とつ》ぐならまだしも、美津どのが御家人の家に嫁ぐことは受け入れられないのだ。そして、その理由が栄次郎の存在にあると知って、忠義の家来が勝手にやったのであろう」

家来が勝手にやったのか、あるいは誰かが命じたのかはわからない。だが、栄次郎を邪魔に思っている者がいることは事実だ。栄次郎は胸が塞がれた。

「栄次郎。美津どのとの縁組、お断りしようと思う」

「なんですって」

「大城さまがわしの弟が大御所さまの子だから娘を嫁がせたのだとしたら、美津どのも不幸だ。それに、そなたにも大きな負担をかけてしまうからな」

「いけませぬ。美津どのは兄上だから嫁ぐことに……」

「栄次郎。わしにはそなたのほうが大切なのだ。今後もよけいな逆恨みを買うことは避けたい」

「どうか、美津どのとじっくりお話を」

「そうしよう。どうだ、久しぶりにふたりで呑むか」

「はい。私が支度をします。女中はもう休んでいるでしょうから」

栄次郎は立ち上がって台所から徳利と湯呑みをふたつ持って部屋に戻った。

兄は縁側に出て庭を眺めていた。その横顔が寂しそうだった。兄は美津どのが好きなのだと改めて思い、ふたりの縁組がうまくいくように積極的に手を貸そうと、栄次郎は思った。

時代小説

二見時代小説文庫

見《み》えない敵《てき》 栄《えい》次《じ》郎《ろう》江《え》戸《ど》暦《ごよみ》22

著者　小《こ》杉《すぎ》健《けん》治《じ》

発行所　株式会社 二見書房

東京都千代田区神田三崎町二-一八-一一

電話 〇三-三五一五-二三一一［営業］

〇三-三五一五-二三一三［編集］

振替 〇〇一七〇-四-二六三九

印刷　株式会社 堀内印刷所

製本　株式会社 村上製本所

落丁・乱丁本はお取り替えいたします。

定価は、カバーに表示してあります。

ISBN978-4-576-19155-3

https://www.futami.co.jp/

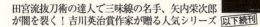

森詠

北風侍 寒九郎

シリーズ

以下続刊

① 北風侍《さむらい》 寒九郎 津軽《つがる》宿命剣

② 秘剣 枯れ葉返し

旗本武田家の門前に行き倒れがあった。まだ前髪も取れぬ侍姿の子ども。小袖も袴もぼろぼろで、腹を空かせた薄汚い小僧は津軽藩士・鹿取真之助の一子、寒九郎と名乗り、叔母の早苗様にお目通りしたいという。父が切腹して果て、母も後を追ったので、津軽からひとり出てきたのだと。十万石の津軽藩で何が…？　父母の死の真相に迫れるか!?　こうして寒九郎の孤独の闘いが始まった…。